周作人

周作人 著
丁文 導讀

中華教育

目錄

周作人小傳

周作人（1885—1967），號知堂，浙江紹興人，中國現代著名散文家、文學理論家、評論家，新文化運動代表人物之一。周作人一生經歷過現代文化史上很多大事，有人認為在他身上濃縮着新文化史的一半篇幅（舒蕪《周作人的是非功過》）。

1901年，16歲的周作人來到南京的江南水師學堂讀書，開始接觸新思潮，對西洋文學產生興趣。1906年，周作人前往日本留學，在此期間博覽羣書，跟隨章太炎學習文字學，和魯迅一同翻譯《域外小說集》，奠定一生學問志趣的方向。周作人的求學步伐正代表了一代知識分子求索西方文明的身影。

1911年，周作人回到紹興，在家鄉教育界任職，編輯《紹興教育會月刊》，關注兒童教育理論，翻譯外國文學作品，此時他的文學主張與隨後在五四新文學運動中提出的觀點頗多相似。1917年，應蔡元培邀請，周作人到北大任職，從此定居北京，成為新文化運動的重要人物，他在《新青年》等刊物上發表的文章成為一個時代的思想利器。蘇雪林曾稱讚周作人是思想家，認為他給予五四青年思想上的影響力，和胡適、陳獨秀不相上下（蘇雪林《周作人先生研究》)。弟子廢名則用「唯物論者」與「躬行君子」來形容他眼中的知堂先生，認為他的很多文章彷彿是「拿了一本《自然教科書》做參考」(廢名《知堂先生》)，往往能依據近代科學精神，直擊尋常生活表層下的荒誕之處。要理解廢名的這個説法並不困難，本書所收錄的《祖先崇拜》、《人與蟲》、《蟬的寓言》等篇便明顯體現了周作人的這一特點。沈從文在20世紀40年代也指出了周作人與魯迅的相似之處：作品的出發點「是一個中年人對於人生的觀照，表現感慨」，其作品的「特點在寫對一問題的看法，近人情而合道理」(沈從文《從周作人魯迅作品學習抒情》)。

思想啟蒙之外，對於現代散文藝術的經營，也是周作人作品耐讀的一個原因。胡適早在1922年便認定周作人等提倡的小品散文是五四散文中「最可注意的發展」(胡適《五十年來中國之文學》)，而周作人對於「美文」的倡導和實踐，則使他的散文有着對自然光色與人生動靜的描繪，「如一派澄清的澗水，靜靜的從心中流出」，堪稱現代散文首屈一指的代表作家(沈從文《從周作人魯迅作品學習抒情》)。有關這方面的成就，在本書所收的《北京的茶食》、《故鄉的野菜》、《苦雨》等名篇中表現得非常明顯。

「四一二」事變之後，深受震動的周作人寫了一系列浮躁凌厲的雜文批判現實，並以「閉戶讀書」的姿態找尋時事與歷史的關聯。1930年與「左翼文學」的論爭，則使他聚攏起一批友朋弟子，與「左翼文學」、「海派文學」隱約對峙而成「京派文學」，三派互相批評的競生狀態使得20世紀30年代的中國文學呈現出茂盛景象。這一時期周作人開始考慮散文體式的轉變，收於本書的《金魚》、《蝨子》等篇即屬於周作人這一時期著名的「草木蟲魚」系列散文。此後大量讀書雜記與「文抄公」文體的寫作，是其重新選擇言說方式的結果。

1937 年，盧溝橋事變爆發後，周作人在天下人驚異的眼光中附逆投敵，此後對此事亦無太多辯解，其間的心路歷程與深層動因，至今仍是現代文化史上的難解之謎。進入 20 世紀 50 年代，周作人繼續筆耕不輟，創作量幾乎佔他一生文字的一半，此外還有數量可觀的翻譯作品等。風燭殘年的周作人雖承擔着繁重的譯稿任務，但到了人生晚境能有機會完成多年來的翻譯心願，讓他深感欣慰。

周作人的散文常給人一種知識淵博、見解通達的印象，原因在於作者同時涉足人文學科諸多領域，如他自己的謙虛說法：「原是水師出身，自己知道並非文人，更不是學者，他的工作只是打雜，砍柴打水掃地一類的工作。如關於歌謠、童話、神話、民俗的搜尋，東歐日本希臘文藝的移譯，都高興來幫一手，但這在真是缺少人工時才行，如各門已有了專攻的人，他就只得溜了出來，另去做掃地砍柴的勾當去了。」

雖然周作人只把自己的工作看成是跑龍套之舉，但縱觀現代學術史中民俗學、兒童文學、翻譯等不同領域，他當年的「打雜」不僅有篳路藍縷之功，且成就鮮有後者超越。如同他在《章太炎的法律》一文中所說，很少有弟子能在總體上達到章太炎的成就，而周作人的成就也是綜合性的，或許這一點正是這代知識分子經得起細讀的風神所在吧。

祖先崇拜

導讀

本文發表於1919年2月23日的《每周評論》，後收入《談虎集》。這一篇五四初期的思想小品，不妨與魯迅先生的一篇議論性散文《我們現在怎樣做父親》對讀，兩文觀點很相似，談論的都是在現代社會中如何建立新型父子關係。

針對當時社會上普遍存在的一種父母養育兒女多出於施恩放債的舊觀念，周作人指出，子女對於父母不存在所謂還債的關係；反倒是父母生育了子女，便要對他們盡到養育的責任，這才是一種真的「還債」。所謂「債」，即父母作為生物學鏈條上某一環節的應盡義務。合理的父子關係，應當是出於天性之愛的終身相互親善的情誼。這一思想，對於當時提倡孝道、單方面地講求子女對父母的義務，卻極少反思怎樣才算做合格的父母，是一種很大的衝擊。

在文章中，周作人還表現出一種對民間信仰的關注，並以此為理論視角來解剖祖先崇拜的深層原因。周作人後來成為了現代民俗學的重要提倡者之一，而支撐他的正是他對民俗學的興趣，以及對思想啟蒙命題的尋根探源的衝動。此文中有一段名言：「我不信世上有一部經典，可以千百年來當人類的教訓的，只有記載生物的生活現象的Biologie（生物學）才可供我們參考，定人類行為的標準。」這也成了周作人後來在文章中數次引用的名句，可見作者對早年觀點的堅定不移。

遠東各國都有祖先崇拜這一種風俗。現今野蠻民族多是如此，在歐洲古代也已有過。中國到了現在，還保存這部落時代的蠻風，實是奇怪。據我想，這事既於道理上不合，又於事實上有害，應該廢去才是。

第一，祖先崇拜的原始的理由，當然是本於精靈信仰。原人思想，以為萬物都有靈的，形體不過是暫時的住所。所以人死之後仍舊有鬼，存留於世上，飲食起居還同生前一樣。這些資料須由子孫供給，否則便要觸怒死鬼，發生災禍，這是祖先崇拜的起源。現在科學昌明，早知道世上無鬼，這騙人的祭獻禮拜當然可以不做了。這宗風俗，令人廢時光，費錢財，很是有損，而且因為接香煙吃羹飯的迷信，許多男人往往藉口於「不孝有三無後為大」的謬說，買妾蓄婢，敗壞人倫，實在是不合人道的壞事。

第二，祖先崇拜的稍為高上的理由，是說「報本返始」，他們說：「你試想身從何來？父母生了你，乃是昊天罔極之恩，你哪可不報答他？」我想這理由不甚充足。父母生了兒子，在兒子並沒有甚麼恩，在父母反是一筆債。我不信世上有一部經典，可以千百年來當人類的教訓的，只有記載生物的生活現象的 Biologie（生物學）才可供我們參考，定人類行為的標準。在自然律上面，的確是祖先為子孫而生存，並非子孫為祖先而生存的。所以父母生了子女，便是他們（父母）的義務開始的日子，直到子女成人才止。世俗一般稱孝順的兒子是還債的，但據我想，兒子無一不是討債的，父母倒是還債——生他的債——的人。待到債務清了，本來已是「兩訖」；但究竟是一體的關係，有天性之愛，互相聯繫住，所以發生一種終身的親善的情誼。至於「恩」這一個字，實是無從說起。倘說真是體會自然的規律，要報生我者的恩，那便應該更加努力做人，使自己比父母更好，切實履行自己的義務 —— 對於子女的債務 —— 使子女比自己更好，才是正當辦法。倘若一味崇拜祖先，想望做古人，自羲皇上溯盤古時代以至類人猿時代，這樣的做人法，在自然律上，明明是倒行逆施，決不可許的了。

我最厭聽許多人說，「我國開化最早」，「我祖先文明甚麼樣」。開化的早，或古時有過一點文明，原是好的。但何必那樣崇拜，彷彿人的一生事業，除恭維我祖先之外，別無一事似的。譬如我們走路，目的是在前進。過去的這幾步，原是我們前進的始基，但總不必站住了，回過頭去，指點着說好，反誤了前進的正事。因為再走幾步，還有更好的正在前頭呢！有了古時的文化，才有現在的文化；有了祖先，才有我們。但倘如古時文化永遠不變，祖先永遠存在，那便不能有現在的文化和我們了。所以我們所感謝的，正因為古時文化來了又去，祖先生了又死，能夠留下現在的文化和我們 —— 現在的文化，將來也是來了又去，我們也是生了又死，能夠留下比現時更好的文化和比我們更好的人。

我們切不可崇拜祖先，也切不可望子孫崇拜我們。

尼采說：「你們不要愛祖先的國，應該愛你們子孫的國。……你們應該將你們的子孫，來補救你們自己為祖先的子孫的不幸。你們應該這樣救濟一切的過去。」所以我們不可不廢去祖先崇拜，改為自己崇拜 —— 子孫崇拜。

自己的園地

導讀

本文發表於 1922 年 1 月 22 日的《晨報副鐫》，後收入文藝批評集《自己的園地》。這是一篇闡發自身文藝觀的文章，「耕種自己的園地」後來也成了周作人廣為人知的一個口號。作為一個五四時期的思想家，周作人在 1922 年開始專注於經營文藝園地，這是他對現實世界失望後，深感自身力量渺小、思想色調轉向晦暗的表現。

此文強調了兩個觀念：一是園地的「小與出產的薄弱而且似乎無用」，都沒甚麼要緊。周作人認為，園地中種果蔬、種藥材、種薔薇地丁，只有種類不同，價值卻是相等的。因為人們需要薔薇地丁，就如同迫切需要果蔬藥材一樣，不能因為果蔬藥材「有用」而薔薇地丁「無用」就蔑視後者的存在。這實際上是在説明社會上從事不同行業、經營不同園地的人，只要本着個人的自覺選擇而努力勞動，即是報答社會了，不能以暫時的功利目的來評判個人選擇的對錯與勞作價值的大小。

二是周作人認為藝術與人生密不可分，而當時盛行的兩個文學口號：「為人生的藝術」與「為藝術的藝術」都有偏頗之處。「為藝術」派把個人當成了藝術的工匠，而「為人生」派卻視藝術為人生的僕役。理想的人生與藝術的關係應當是：個人為了表現情思而不為其他任何功利目的創造藝術品，而他人則在藝術品中獲得美的陶冶，豐富了精神生活，使人生更加充實完善。人生的藝術，便在於「有獨立的藝術美與無形的功利」。

在一百五十年前，法國的福祿特爾作了一本小說《亢迭特》（*Candide*）[1]，敍述人世的苦難，嘲笑「全舌博士」的樂天哲學。亢迭特與他的老師全舌博士經了許多憂患，終於在土耳其的一角裏住下，種園過活，才能得到安住。亢迭特對於全舌博士的始終不渝的樂天說，下結論道：「這些都是很好，但我們還不如去耕種自己的園地。」這句格言現在已經是「膾炙人口」，意思也很明白，不必再等我下甚麼註腳。但是我現在把他抄來，卻有一點別的意義。所謂自己的園地，本來是範圍很寬，並不限定於某一種：種果蔬也罷，種藥材也罷 —— 種薔薇地丁也罷，只要本了他個人的自覺，在他認定的不論大小的地面上，盡了力量去耕種，便都是盡了他的天職了。在這平淡無奇的談話中間，我所想要特地申明的，只是在於種薔薇地丁也是耕種我們自己的園地，與種果蔬藥材，雖是種類不同而有同一的價值。

我們自己的園地是文藝，這是要在先聲明的。我並非鄙薄別種活動而不屑為 —— 我平常承認各種活動於生活都是必要；實在是小半由於沒有這樣的才能，大半由於缺少這樣的趣味，所以不得不在這中間定一個去就。但我對於這個選擇並不後悔，並不慚愧地面的小與出產的薄弱而且似乎無用。依了自己的心的傾向，去種薔薇地丁，這是尊重個性的正當辦法，即使如別人所說各人果真應報社會的恩，我也相信已經報答了，因為社會不但需要果蔬藥材，卻也一樣迫切

---

① 福祿特爾，現通譯伏爾泰（1694—1778），法國詩人、戲劇家、哲學家。《亢迭特》現通譯《老實人》（或《天真漢》）。主人公亦叫此名。

的需要薔薇與地丁 —— 如有蔑視這些的社會，那便是白痴的，只有形體而沒有精神生活的社會，我們沒有去顧視它的必要。倘若用了甚麼名義，強迫了犧牲了個性去侍奉白痴的社會 —— 美其名曰迎合社會的心理 —— 那簡直與借了倫常之名強人忠君，借了國家之名強人戰爭一樣的不合理了。

有人說道，據你所說，那麼你所主張的文藝，一定是人生派的藝術了。泛稱人生派的藝術，我當然是沒有甚麼反對，但是普通所謂人生派是主張「為人生的藝術」的，對於這個我卻有一點意見。「為藝術的藝術」將藝術與人生分離，並且將人生附屬於藝術，至於如王爾德的提倡人生之藝術化，固然不很妥當；「為人生的藝術」以藝術附屬於人生，將藝術當作改造生活的工具而非終極，也何嘗不把藝術與人生分離呢？我以為藝術當然是人生的，因為他本是我們感情生活的表現，叫他怎能與人生分離？「為人生」—— 於人生有實利，當然也是藝術本有的一種作用，但並非唯一的職務。總之藝術是獨立的，卻又原來是人性的，所以既不必使他隔離人生，又不必使他服侍人生，只任他成為渾然的人生的藝術便好了。「為藝術」派以個人為藝術的工匠，「為人生」派以藝術為人生的僕役；現在卻以個人為主人，表現情思而成藝術，即為其生活之一部，初不為福利他人而作，而他人接觸這藝術，得到一種共鳴與感興，使其精神生活充實而豐富，又即以為實生活的基本；這是人生的藝術的要點，有獨立的藝術美與無形的功利。我所說的薔薇地丁的種作，便是如此：有些人種花聊以消遣，有些人種花志在賣錢，真種花者以種花為其生活，—— 而花亦未嘗不美，未嘗於人無益。

《雨天的書》自序一

導讀

本文發表於 1923 年 11 月 10 日的《晨報副鐫》，後收入《雨天的書》、《澤瀉集》和《苦雨齋序跋文》。在周作人的散文世界中，雨是一種常見的意象。周作人是紹興人，江南水鄉多雨的景象成為作家心頭特別深刻的少年記憶，而成年後久居少雨的北京，尤其是冬天，雨更加不常見。因此，一開頭寫到「今年冬天特別的多雨」時，不難尋繹出作者被喚醒了對多雨的故鄉那層潛藏的親切感。但 1923 年經歷了一系列時代與個人生活風波後，周作人的心境也的確如雨天般陰沉，雨天彷彿成了低沉心境的象徵，這也是「人們的心裏也會有雨天」的意蘊所在了。

面對這個難得的多雨的冬天，作者的審美態度有兩層：一是用陰沉的天氣呼應生命中的失落與沉重，咀嚼人生的苦味；二是將雨天外化為獨有的審美體驗，沉潛其間並品嚐雨的韻味。後者便是序中的名句了，「在這樣的時候，常引起一種空想，覺得如在江村小屋裏，靠玻璃窗，烘着白炭火缽，喝清茶，同友人談閒話，那是頗愉快的事」。面對人生的種種情境，周作人總能保持審美的態度，這使他缺少魯迅直逼靈魂深處給人的震撼感，卻也由此提供了現代社會中如何建構藝術化的現實人生的範例。

附朱光潛：《雨天的書》（節選）

這書（指《雨天的書》）的特質，第一是清，第二是冷，第三是簡潔，⋯⋯在《蒼蠅》篇裏，作者引了小林一茶的一句詩：「不要打哪，蒼蠅搓牠的手，搓牠的腳呢。」他接着說：「我讀這一句，常常想起自己的詩覺得慚愧，不過我的心情總不能達到那一步，所以也是無法。」⋯⋯談到這個缺憾，他歸咎於氣質境地⋯⋯我們讀周先生這一番話，固然不敢插嘴，但是總嫌他過於謙虛。小林一茶的那種閒情逸趣，周先生雖還不能比擬，而在現代中國作者中，周先生而外，很難找得第二個人能夠做得清淡的小品文字。他究竟是有些年紀的人，還能領略閒中清趣。如今天下文人學者都在那兒著書或整理演講集，誰有心思去理會蒼蠅搓手搓腳！⋯⋯讓我們同周先生坐在一塊，一口一口地啜着清茗，看着院子裏花條蝦蟆戲水，聽他談「故鄉的野菜」、「北京的茶食」，二十年前的江南水師學堂和清波門外的楊三姑一類的故事⋯⋯

今年冬天特別的多雨，因為是冬天了，究竟不好意思傾盆的下，只是蜘蛛絲似的一縷縷的灑下來。雨雖然細得望去都看不見，天色卻非常陰沉，使人十分氣悶。在這樣的時候，常引起一種空想，覺得如在江村小屋裏，靠玻璃窗，烘着白炭火缽，喝清茶，同友人談閒話，那是頗愉快的事。不過這些空想當然沒有實現的希望，再看天色，也就越覺得陰沉。想要做點正經的工作，心思散漫，好像是出了氣的燒酒，一點味道都沒有，只好隨便寫一兩行，並無別的意思；聊以對付這雨天的氣悶光陰罷了。

冬雨是不常有的，日後不晴也將變成雪霰了。但是在晴雪明朗的時候，人們的心裏也會有雨天，而且陰沉的期間或者更長久些，因此我這雨天的隨筆也就常有續寫的機會了。

一九二三年十一月五日　在北京

北京的茶食

導讀

提起周作人散文，《北京的茶食》幾乎成了肯定會被提到的名篇。此文發表於 1924 年 3 月 18 日的《晨報副鐫》，後又被作者收入了散文集《雨天的書》和《澤瀉集》。

表面看來，作者選取了茶食、點心這種小到不能再小的題材，但實際上，一個城市茶點的美味與否，代表的卻是是否具備與歷史積澱相連的文化生活情調，有以管窺豹的效果。紹興人周作人當時已在文化古城北京客居多年，卻沒尋覓到甚麼精美的茶點，這在他看來是個很大的遺憾。因為這不僅與北京城的歷史文化地位不相匹配，還標誌着此城人的生活品質有越漸粗糙的趨勢，這讓一直注視着 20 世紀中國文化特質的作者感到擔憂。

文章先以日本人的書為引子，由東京的茶食自然引出正題北京的茶食，後面又提及異馥齋的招牌總能讓人大發思古之悠情，諸種閒筆佔據了相當分量，但讀來卻又有種若即若離中始終不離不棄的韻味。這樣的筆法，值得我們細加體會。

本文從北京的茶食引申到如何建立理想生活狀態的話題，這便是文末那段常被人引用的名言了。「我們於日用必需的東西以外，必須還有一點無用的遊戲與享樂，生活才覺得有意思。」在作者看來，一些看似「無用」的事情是讓生活變得「有意思」的必需品。對於重構現代人理想的精神世界，周作人提供了這一獨特的方案。可見得短文章要能經得住時間考驗，須得有一種闊大的思想背景，外加足夠搖曳多姿的靈動筆法。

在東安市場的舊書攤上買到一本日本文章家五十嵐力的《我的書翰》，中間説起東京的茶食店的點心都不好吃了，只有幾家如上野山下的空也，還做得好點心，吃起來餡和糖及果實渾然融合，在舌頭上分不出各自的味來。想起德川時代江戶的二百五十年的繁華，當然有這一種享樂的流風餘韻留傳到今日，雖然比起京都來自然有點不及。北京建都已有五百餘年之久，論理於衣食住方面應有多少精微的造就，但實際似乎並不如此，即以茶食而論，就不曾知道甚麼特殊的有滋味的東西。固然我們對於北京情形不甚熟悉，只是隨便撞進一家餑餑舖裏去買一點來吃，但是就撞過的經驗來説，總沒有很好吃的點心買到過。難道北京竟是沒有好的茶食，還是有而我們不知道呢？這也未必全是為貪口腹之慾，總覺得住在古老的京城裏吃不到包含歷史的精煉的或頹廢的點心是一個很大的缺陷。北京的朋友們，能夠告訴我兩三家做得上好點心的餑餑舖麼？

我對於二十世紀的中國貨色，有點不大喜歡，粗惡的模仿品，美其名曰國貨，要賣得比外國貨更貴些。新房子裏賣的東西，便不免都有點懷疑，雖然這樣説好像遺老的口吻，但總之關於風流享樂的事我是頗迷信傳統的。我在西四牌樓以南走過，望着異馥齋的丈許高的獨木招牌，不禁神往，因為這不但表示它是義和團以前的老店，那模糊陰暗的字跡又引起我一種焚香靜坐的安閒而豐腴的生活的幻想。我不曾焚過甚麼香，卻對於這件事很有趣味，然而終於不敢進香店去，因為怕他們在香盒上已放着花露水與日興皂了。我們於日用必需的東西以外，必須還有一點無用的遊戲與享樂，生活才覺得有意思。我們看夕陽，看秋河，看花，聽雨，聞香，喝不求解渴的酒，吃不求飽的點心，都是生活上必要的 —— 雖然是無用的裝點，而且是越精煉越好。可憐現在的中國生活，卻是極端的乾燥粗鄙，別的不說，我在北京彷徨了十年，終未曾吃到好點心。

十三年二月

故鄉的野菜

導讀

這又是一篇印上了鮮明周氏散文標記的美文。此文發表於1924年4月5日的《晨報副鐫》，後又被作者三次收入文集《雨天的書》、《澤瀉集》和《知堂文集》，可見作者對它的重視與喜愛。

這是一篇在春天寫作的散文，身在北京的作者回憶了三種故鄉春天的野菜：薺菜、黃花麥果與草紫。無論是浙東婦女兒童挑薺菜的趣味勞動，還是清明時節上墳船頭露出的那些紫雲英花束，或者，就是那首讚美黃花麥果的童謠，讀者大概都能咀嚼出一種浮動在字裏行間的對家鄉風物的熟稔和眷戀。

但有意思的是，作者明明通篇都以追憶浙東風物來抒寫思鄉之情，但開頭一段文字卻又明白宣佈「我」對故鄉沒甚麼「特別的情分」，好像要故意顯得與浙東老家有些生分似的。

實際上，這便是周作人散文的一種抒情技巧。作者一上來先用一段自我表述，有意將對故鄉的態度與情感淡化，接下來則用主要篇幅敍寫故鄉的野菜以及潛存在記憶中的各種相關場景與細節，從而委婉傳達出濃郁的鄉邦之情。如此一來，全文的情感調配得當且濃淡適中，整體敍述的部分具有明顯的抒情功效，而抒情部分則流於平和淡然，抒情與敍述之間出現了一種有意味的疏離。

然而，究竟是甚麼魔力讓這些再普通不過的野菜，能從作者的童年穿越時空，在某個成年後的時間點上突然栩栩如畫？仔細琢磨，不難發現這三種野菜都圍繞着清明這一時令節氣，而掃墓上墳則是清明時節的特定民俗。對童年周作人來說，清明掃墓是一件讓他特別感興趣的大事。其間與鄉野自然的親密接觸，不僅使他結識了眾多野菜與鄉間植物，更成為他日後大量雜覽古代筆記、廣泛涉獵東洋風物的原因與印證材料，由此形成他一生的學術趣味模式。故鄉的野菜既是鋪展不盡的童年生活的生動畫圖，也是解析周作人文學與民俗學志向的小小密碼。

我的故鄉不止一個，我住過的地方都是故鄉。故鄉對於我並沒有甚麼特別的情分，只因釣於斯遊於斯的關係，朝夕會面，遂成相識，正如鄉村裏的鄰舍一樣，雖然不是親屬，別後有時也要想念到他。我在浙東住過十幾年，南京、東京都住過六年，這都是我的故鄉；現在住在北京，於是北京就成了我的家鄉了。

日前我的妻往西單市場買菜回來，說起有薺菜在那裏賣着，我便想起浙東的事來。薺菜是浙東人春天常吃的野菜，鄉間不必說，就是城裏只要有後園的人家都可以隨時採食，婦女小兒各拿一把剪刀一隻「苗籃」，蹲在地上搜尋，是一種有趣味遊戲的工作。那時小孩們唱道：「薺菜馬蘭頭，姊姊嫁在後門頭。」後來馬蘭頭有鄉人拿來進城售賣了，但薺菜還是一種野菜，須得自家去採。關於薺菜向來頗有風雅的傳說，不過這似乎以吳地為主。《西湖遊覽志》云：「三月三日男女皆戴薺菜花。諺云：三春戴薺花，桃李羞繁華。」顧祿的《清嘉錄》上亦說：「薺菜花俗呼野菜花，因諺有三月三螞蟻上灶山之語，三日人家皆以野菜花置灶陘上，以厭蟲蟻。侵晨村童叫賣不絕。或婦女簪髻上以祈清目，俗號眼亮花。」但浙東人卻不很理會這些事情，只是挑來做菜或炒年糕吃罷了。

黃花麥果通稱鼠曲草，係菊科植物，葉小微圓互生，表面有白毛，花黃色，簇生梢頭。春天採嫩葉，搗爛去汁，和粉作糕，稱黃花麥果糕。小孩們有歌讚美之云：

黃花麥果韌結結，
關得大門自要吃：
半塊拿弗出，
一塊自要吃。

清明前後掃墓時，有些人家 —— 大約是保存古風的人家 —— 用黃花麥果作供，但不作餅狀，做成小顆如指頂大，或細條如小指，以五六個作一攢，名曰繭果，不知是甚麼意思，或因蠶上山時設祭，也用這種食品，故有是稱，亦未可知。自從十二三歲時外出不參與外祖家掃墓以後，不復見過繭果，近來住在北京，也不再見黃花麥果的影子了。日本稱作「御形」，與薺菜同為春的七草之一，也採來做點心用，狀如艾餃，名曰「草餅」，春分前後多食之，在北京也有，但是吃去總是日本風味，不復是兒時的黃花麥果糕了。

掃墓時候所常吃的還有一種野菜，俗名草紫，通稱紫雲英。農人在收穫後，播種田內，用作肥料，是一種很被賤視的植物，但採取嫩莖瀹[1]食，味頗鮮美，似豌豆苗。花紫紅色，數十畝接連不斷，一片錦繡，如鋪着華美的地毯，非常好看，而且花朵狀若蝴蝶，又如雞雛，尤為小孩所喜。間有白色的花，相傳可以治痢，很是珍重，但不易得。日本《俳句大辭典》云：「此草與蒲公英同是習見的東西，從幼年時代便已熟識。在女人裏邊，不曾採過紫雲英的人，恐未必有

① 瀹（yuè），即煮食。

吧。」中國古來沒有花環，但紫雲英的花球卻是小孩常玩的東西，這一層我還替那些小人們欣幸的，浙東掃墓用鼓吹，所以少年常隨了樂音去看「上墳船裏的姣姣」；沒有錢的人家雖沒有鼓吹，但是船頭上篷窗下總露出些紫雲英和杜鵑的花束，這也就是上墳船的確實的證據了。

十三年二月

濟南道中

導讀

本文發表於 1924 年 6 月 5 日的《晨報副鐫》，後收入《雨天的書》與《周作人書信》。這篇散文很像是寫給友人的一封信，因為開篇便出現了「伏園兄」，好像不是在寫文章，而是在與朋友孫伏園在紙上聊天一樣。周作人不少散文都有書信體的痕跡，他甚至編了一本《周作人書信》，專門收錄這類文字。然而，為甚麼要用寫信的形式來構築散文呢？這其實是周作人的一種獨特的文體觀念。在他看來，信類似於古人的「尺牘」，是一種私人化的寫作，並不打算拿來發表，長度或許只有「寥寥數句」，抒情、敍述都無不可，而也正因為是私人談話，反倒能在只言片語之間窺見説話人的真性情。

此文由作者坐在北京到濟南的火車上受觸發而起筆，眼下的旅行，讓作者一下子回憶起了少年時代坐夜航船的經驗，以及早年坐火車去北京，乃至在日本旅行的往事。有意思的是，作者特別難忘的，不僅是舟行水上的那種緩慢中的牧歌情調，更是當年在埠頭飯店品嚐到的幾種想來特別親切的家常小菜，當年在火車窗口買到的可以「亂吃」一氣的「土俗品」，日本的精緻糰子與便當。這番對昔日旅行中吃食的津津有味的描述，簡直把一個充滿平民趣味，甚至有點「饞」的説話者面目活脱脱地呈現在讀者面前了。

既然是與朋友談天，內容也不妨自由散漫些：談完了小食，又開始講同車廂的洋行老闆和他的狗，以及對於洋人對待動物的看法。末了還扯到有關鬼的話題上去，但作者卻不認為這是甚麼上不得枱面的話題，反而認為這才是「正經大道理」。實際上，談鬼正是周作人散文的一個重要主題。由朋友間閒聊牽涉到其一貫的思想命題，或許說話者自己也未曾料到，但這也正是書信體散文在散漫行文中別具一種豐厚包容力的表現吧。

伏園兄[1]，你應該還記得「夜航船」的趣味吧？這個趣味裏的確包含有些不很優雅的非趣味，但如一切過去的記憶一樣，我們所記住的大抵只是一些經過時間熔化變了形的東西，所以想起來還是很好的趣味。我平素由紹興往杭州總從城裏動身（這是二十年前的話了），有一回同幾個朋友從鄉間乘船，這九十里的一站路足足走了半天一夜；下午開船，傍晚才到西郭門外，於是停泊，大家上岸吃酒飯。這很有牧歌的趣味，值得田園畫家的描寫。第二天早晨到了西興，埠頭的飯店主人很殷勤地留客，點頭說「吃了飯去」，進去坐在裏面（斯文人當然不在櫃台邊和「短衣幫」並排着坐，）破板桌邊，便端出烤蝦小炒醃鴨蛋等「家常便飯」來，也有一種特別的風味。可惜我好久好久不曾吃了。

今天我坐在特別快車內從北京往濟南去，不禁忽然的想起舊事來。火車裏吃的是大菜，車站上的小販又都關出在木柵欄外，不容易買到土俗品來吃。先前卻不是如此，一九〇六年我們乘京漢車往北京應練兵處（那時的大臣是水竹村人）的考試的時候，還在車窗口買到許多東西亂吃，如一個銅子一隻的大雅梨[2]，十五個銅子一隻的燒雞之類；後來在甚麼站買到兔肉，同學有人說這實在是貓，大家便覺得噁心不能再吃，都摔到窗外去了。在日本旅行，於新式的整齊清潔之中（現在對於日本的事只好「輕描淡寫」地說一句

① 伏園兄，即孫伏園（1894—1966），現代散文家，周作人的好友。

② 雅梨，即「鴨梨」。

半句，不然恐要蹈鄧先生的覆轍），卻仍保存着舊日的長閒的風趣。我在東海道中買過一箱「日本第一的吉備糰子」，雖然不能證明是桃太郎的遺制，口味卻真不壞，可惜都被小孩們分吃，我只嚐到一兩顆，而且又小得可恨。還有平常的「便當」，在形式內容上也總是美術的，味道也好，雖在吃慣肥魚大肉的大人先生們自然有點不配胃口。「文明」一點的有「冰激淩」裝在一隻麥粉做的杯子裏，末了也一同嚥下去。—— 我坐在這鐵甲快車內，肚子有點餓了，頗想吃一點小食，如孟代故事中王子所吃的，然而現在實屬沒有法子，只好往餐堂車中去吃洋飯。

我並不是不要吃大菜的。但雖然要吃，若在強迫的非吃不可的時候，也會令人不高興起來。還有一層，在中國旅行的洋人的確太無禮儀，即使並無甚麼暴行，也總是放肆討厭的。即如在我這一間房裏的一個怡和洋行的老闆，帶了一隻小狗，說是在天津花了四十塊錢買來的；他一上車就高臥不起，讓小狗在房內撒尿，忙得車侍三次拿布來擦地板，又不餵飽，任牠東張西望，嗚嗚的哭叫。我不是虐待動物者，但見人家暱愛動物，摟抱貓狗坐車坐船，妨害別人，也是很嫌惡的；我覺得那樣的暱愛正與虐待同樣地是有點獸性的。洋人中當然也有真文明人，不過商人大抵不行，如中國的商人一樣。中國近來新起一種「打鬼」—— 便是打「玄學鬼」與「直腳鬼」—— 的傾向，我大體上也覺得贊成，只是對於他們的態度有點不能附和。我們要把一切的鬼或神全數打出去，這是不可能的事，更無論他們只是拍令牌，唸退鬼咒，當然毫無功效，只足以表明中國人術士氣之十足，或者更留下一點惡因。我們所能做，所以做的，是如何使玄學鬼或直腳鬼不能為害。我相信，一切的鬼都是為害的，倘若被放縱着，便是我們自己「曲腳鬼」也何嘗不如此。……人家說，談天談到末了，一定要講到下作的話去，現在我卻反對地談起這樣正經大道理來，也似乎不大合適，可以不再寫下去了吧。

十三年五月三十一日　津浦車中

蒼蠅

導讀

本文發表於 1924 年 7 月 13 日的《晨報副鐫》，後收入《雨天的書》、《澤瀉集》與《知堂文集》。十年之後，林語堂在《人間世》發刊詞中有一個著名的說法：現代散文的題材不妨開闊，「宇宙之大，蒼蠅之微，皆可取材」，或許是因為此文在前，所以林氏有感而發。儘管這一提法後來引起了爭論，但《蒼蠅》的影響深廣卻是無疑的。

然而，要把一隻微不足道的蒼蠅寫好，要比寫宇宙之大更難。但賦予尋常事物一種悠長的文學意味卻是周作人所長。除了開篇提及小時候戲弄蒼蠅的舊事外，文章主要篇幅是在講述「文學中的蒼蠅」。古希臘神話與傳說、《詩經》、日本俳句、西洋科學名著、紹興小兒謎語等均成為旁徵博引的對象，讀來雖然目不暇接，卻並無堆砌之感。作者從記憶中摘出這些雅俗並存的材料，卻並非為了炫耀知識，而是揀出最精煉的一兩句，將例證與主旨融合無間。雖然對讀者來說，本文看似題材平實，實則容量很大，需要相當的儲備才能真正步入作者的世界。但無論如何，經過周作人的點鐵成金，蒼蠅已從讓人厭煩的小蟲，搖身變成讓人低徊不已的文學題材。從這個意義上來看，《蒼蠅》一文實在是個題材示範。

蒼蠅不是一件很可愛的東西，但我們在做小孩子的時候都有點喜歡牠。我同兄弟常在夏天乘大人們午睡，在院子裏棄着香瓜皮瓤的地方捉蒼蠅 —— 蒼蠅共有三種，飯蒼蠅太小，麻蒼蠅有蛆太髒，只有金蒼蠅可用。金蒼蠅即青蠅，小兒謎中所謂「頭戴紅纓帽身穿紫羅袍」者是也。我們把牠捉來，摘一片月季花的葉，用月季的刺釘在背上，便見綠葉在桌上蠕蠕而動。東安市場有賣紙製各色小蟲者，標題云「蒼蠅玩物」，即是同一的用意。我們又把牠的背豎穿在細竹絲上，取燈心草一小段放在腳的中間，也便上下顛倒的舞弄，名曰「嬉棍」；又或用白紙條纏在腸上縱使飛去，但見空中一片片的白紙亂飛，很是好看。倘若捉到一個年富力強的蒼蠅，用快剪將頭切下，牠的身子便仍舊飛去。希臘路吉亞諾思（Lukianos）[①]的《蒼蠅頌》中說：「蒼蠅在被切去了頭之後，也能生活好些時光。」大約二千年前的小孩已經是這樣的玩耍的了。

我們現在受了科學的洗禮，知道蒼蠅能夠傳染病菌，因此對於牠們很有一種惡感。三年前臥病在醫院時曾作有一首詩，後半云：

大小一切的蒼蠅們，
美和生命的破壞者，

---

① 路吉亞諾思，現通譯路吉阿諾斯（約生活於公元 2 世紀），古希臘哲學家。周作人曾翻譯過他的《冥土旅行》和《論居喪》等作品。

中國人的好朋友的蒼蠅們呵，
我詛咒你的全滅，
用了人力以外的，
最黑最黑的魔術的力。

但是實際上最可惡的還是牠的別一種壞癖氣，便是喜歡在人家的顏面手腳上亂爬亂舔，古人雖美其名曰「吸美」，在被吸者卻是極不愉快的事。希臘有一篇傳說説明這個緣起，頗有趣味。據説蒼蠅本來是一個處女，名叫默亞（Muia），很是美麗，不過太喜歡説話。她也愛那月神的情人恩迭米盎（Endymion），當他睡着的時候，她總還是和他講話或唱歌，弄得他不能安息，因此月神發怒，使她變成蒼蠅。以後她還是紀念着恩迭米盎，不肯叫人家安睡，尤其是喜歡攪擾年青的人②。

蒼蠅的固執與大膽，引起好些人的讚歎。訶美洛思（Homeros）③在史詩中嘗比勇士於蒼蠅，他説，雖然你趕牠去，牠總不肯離開你，一定要叮你一口方才罷休。又有詩人云，那小蒼蠅極勇敢地跳在人的肢體上，渴欲飲血，戰士卻躲避敵人的刀鋒，真可羞了。我們僥倖不大遇見渴血的勇士，但勇敢地攻上來舐我們的頭的卻常常遇到。法勃

② 關於蒼蠅的這段故事出自希臘神話，恩迭米盎通譯恩底彌翁，是一個牧羊的美少年，美麗的月亮女神阿爾特彌斯愛慕他。

③ 訶美洛思，現通譯荷馬（約公元前9—公元前8世紀），古希臘詩人，作品有《伊利亞特》和《奧德賽》。

耳（Febre）[4]的《昆蟲記》裏說有一種蠅，乘土蜂負蟲入穴之時，下卵於蟲內，後來蠅卵先出，把死蟲和蜂卵一併吃下去。他說這種蠅的行為好像是一個紅巾黑衣的暴客在林中襲擊旅人，但是他的慓悍敏捷的確也可佩服，倘使希臘人知道，或者可以拿去形容阿迭修思（Odysseus）[5]一流的狡獪英雄罷。

中國古來對於蒼蠅似乎沒有甚麼反感。《詩經》裏說：「營營青蠅，止于樊。豈弟君子，無信讒言。」又云：「非雞則鳴，蒼蠅之聲。」據陸農師說，青蠅善亂色，蒼蠅善亂聲，所以是這樣說法。傳說裏的蒼蠅，即使不是特殊良善，總之決不比別的昆蟲更為卑惡。在日本的俳諧中則蠅成為普通的詩料，雖然略帶湫穢的氣色，但很能表現出溫暖熱鬧的境界。小林一茶更為奇特，他同聖芳濟一樣，以一切生物為弟兄朋友，蒼蠅當然也是其一[6]。檢閱他的俳句選集，詠蠅的詩有二十首之多，今舉兩首以見一斑。一云：

笠上的蒼蠅，比我更早地飛進去了。

---

④ 法勃耳，通譯法布爾（1823—1915），法國昆蟲學家、動物行為學家、文學家。

⑤ 阿迭修思，通譯奧德修斯，荷馬史詩《奧德賽》中的人物，為人狡詐，特洛伊戰爭中的木馬屠城就是他的主意。特洛伊戰爭結束後，歷經磨難回到家中。

⑥ 小林一茶（1763—1827）是日本俳句詩人，聖芳濟現通譯聖方濟各（1182—1226），意大利遊吟詩人。他們都熱愛大自然的萬事萬物。

這詩有題曰《歸庵》。又一首云：

不要打哪，蒼蠅搓牠的手，搓牠的腳呢。

我讀這一句，常常想起自己的詩覺得慚愧，不過我的心情總不能達到那一步，所以也是無法。《埤雅》云：「蠅好交其前足，有絞繩之象⋯⋯亦好交其後足。」這個描寫正可作前句的註解。又紹興小兒謎語歌云：「像烏豇豆格烏，像烏豇豆格粗，堂前當中央，坐得拉鬍鬚。」也是指這個現象。（「格」猶云「的」，「坐得」即「坐着」之意。）

據路吉亞諾思說，古代有一個女詩人，慧而美，名叫默亞，又有一個名妓也以此為名，所以滑稽詩人有句云：「默亞咬他直達他的心房。」中國人雖然永久與蒼蠅同桌吃飯，卻沒有人拿蒼蠅作為名字，以我所知只有一二人被用為諢名而已。

十三年七月

苦雨

導讀

本文發表於 1924 年 7 月 22 日的《晨報副鐫》，後收入《雨天的書》、《澤瀉集》與《周作人書信》。通過友人間的絮語，來談點故鄉的事情以及個人體會等等，這是周作人擅長的筆法。《苦雨》就是這樣一篇書信體散文，通過給友人孫伏園寫信的形式，吐納自己由雨所觸發的一切情思。或許，收信人是否為孫伏園也不再重要，作者所需的不過是一方讓他感覺放鬆自如的言說空間，用來承載個人獨有的細膩體驗。這種「尺牘情緣」本身，就是一種自覺而獨特的文體意識。

文章開頭先談到在烏篷船中聽雨的「夢似的詩境」，令讀者心驚膽戰的舟中遇暴風雨，在作者那裏卻成了雖然危險卻極為愉快的經歷。原因正在於周作人所言的自己那種水鄉人對水感到格外親切的脾氣。然而水鄉人久居沙漠似的北京城，即使碰上連續幾天下雨，情形也會變得荒腔走板。北方房屋欠缺防雨考慮，一周大雨下來已將周家西牆淋坍，書房也淹了水。但小孩們卻在院子裏蹚水蹚得興致正高，花條蝦蟆們的叫聲也由平常的一至三聲，變成了一口氣的十二三聲，可見小孩和蝦蟆是多麼高興下雨。

讀到此處，讀者大概都能看出本文雖題為「苦雨」，卻正透露出一個成人心中那點無法退去的關於雨的童趣。童年的夜行船、童年聽過的蛙聲，都成了饒有興味的趣事，影響了作者成年以後的審美情調，而周作人散文很大程度上，正是對少年經驗進行重寫與藝術化表達。

伏園兄：

北京近日多雨，你在長安道上不知也遇到否，想必能增你旅行的許多佳趣。雨中旅行不一定是很愉快的，我以前在杭滬車上時常遇雨，每感困難，所以我於火車的雨不能感到甚麼興味，但卧在烏篷船裏，靜聽打篷的雨聲，加上欸乃[1]的櫓聲，以及「靠塘來，靠下去」的呼聲，卻是一種夢似的詩境。倘若更大膽一點，仰卧在腳划小船內，冒雨夜行，更顯出水鄉住民的風趣，雖然較為危險，一不小心，拙劣地轉一個身，便要使船底朝天。二十多年前往東浦弔先父的保姆之喪，歸途遇暴風雨，一葉扁舟在白鵝似的波浪中間滾過大樹港，危險極也愉快極了。我大約還有好些「為魚」時候 —— 至少也是斷髮文身時候的脾氣，對於水頗感到親近，不過北京的泥塘似的許多「海」實在不很滿意，這樣的水沒有也並不怎麼可惜。你往「陝半天」去似乎要走好兩天的准沙漠路，在那時候倘若遇見風雨，大約是很舒服的，遙想你胡坐騾車中，在大漠之上，大雨之下，喝着四打之內的汽水，悠然進行，可以算是「不亦快哉」之一。但這只是我的空想，如詩人的理想一樣也靠不住，或者你在騾車中遇雨，很感困難，正在叫苦連天也未可知，這須等你回京後問你再說了。

我住在北京，遇見這幾天的雨，卻叫我十分難過。北京

---

① 欸乃，擬聲詞，形容搖櫓的聲音，柳宗元《漁翁》詩：「煙銷日出不見人，欸乃一聲山水綠。」

向來少雨，所以不但雨具不很完全，便是家屋構造，於防雨亦欠周密。除了真正富翁以外，很少用實垛磚牆，大抵只用泥牆抹灰敷衍了事。近來天氣轉變，南方酷寒而北方淫雨[②]，因此兩方面的建築上都露出缺陷。一星期前的雨把後園的西牆淋坍，第二天就有「樑上君子」來摸索北房的鐵絲窗，從次日起趕緊邀了七八位匠人，費兩天工夫，從頭改築，已經成功十分八九，總算可以高枕而卧，前夜的雨卻又將門口的南牆沖倒二三丈之譜。這回受驚的可不是我了，乃是川島君「佢們」倆，因為「樑上君子」如再見光顧，一定是去躲在「佢們」的窗下竊聽的了。為清除「佢們」[③]的不安起見，一等天氣晴正，急須大舉地修築，希望日子不至於很久，這幾天只好暫時拜託川島君的老弟費神代為警護罷了。

前天十足下了一夜的雨，使我夜裏不知醒了幾遍。北京除了偶然有人高興放幾個爆仗以外，夜裏總還安靜，那樣嘩喇嘩喇[④]的雨聲在我的耳朵裏已經不很聽慣，所以時常被它驚醒，就是睡着也彷彿覺得耳邊黏着麵條似的東西，睡的很不痛快。還有一層，前天晚間據小孩們報告，前面院子裏的積水已經離台階不及一寸，夜裏聽着雨聲，心裏胡里胡塗[⑤]地總是想水已上了台階，浸入西邊的書房裏了。好容易到了早上五點鐘，赤腳撐傘，跑到西屋一看，果然不出所料，

② 淫雨，多雨的意思。

③ 佢（qú）們，人稱代詞，他們。

④ 嘩喇嘩喇，同「嘩啦嘩啦」。

⑤ 胡里胡塗，同「糊里糊塗」。

水浸滿了全屋，約有一寸深淺，這才歎了一口氣，覺得放心了；倘若這樣興高采烈地跑去，一看卻沒有水，恐怕那時反覺得失望，沒有現在那樣的滿足也說不定。幸而書籍都沒有濕，雖然是沒有甚麼價值的東西，但是濕成一餅一餅的紙糕，也很是不愉快。現今水雖已退，還留下一種漲過大水後的普通的臭味，固然不能留客坐談，就是自己也不能在那裏寫字，所以這封信是在裏邊炕桌上寫的。

這回大雨，只有兩種人最喜歡。第一是小孩們。他們喜歡水，卻極不容易得到，現在看見院子裏成了河，便成羣結隊的去「淌河」去。赤了足伸到水裏去，實在很有點冷，但是他們不怕，下到水裏還不肯上來。大人見小孩們玩的很有趣，也一個兩個地加入，但是成績卻不甚佳，那一天裏滑倒了三個人，其中兩個都是大人 —— 其一為我的兄弟，其一是川島君。第二種喜歡下雨的則為蝦蟆。從前同小孩們往高亮橋去釣魚釣不着，只捉了好些蝦蟆，有綠的，有花條的，拿回來都放在院子裏，平常偶叫幾聲，在這幾天裏便整日叫喚，或者是荒年之兆吧，卻極有田村的風味。有許多耳朵皮嫩的人，很惡喧囂，如麻雀、蝦蟆或蟬的叫聲，凡足以妨礙他們的甜睡者，無一不深惡而痛絕之。大有滅此而午睡之意，我覺得大可以不必如此，隨便聽聽都是很有趣味的，不但是這些久成詩料的東西，一切鳴聲其實都可以聽。蝦蟆在水田裏羣叫，深夜靜聽，往往變成一種金屬音，很是特別，又有時彷彿是狗叫，古人常稱蛙蛤為「吠」，大約是從實驗而來。我們院子裏的蝦蟆現在只見花條的一種，牠的叫聲更不漂亮，只是格格格這個叫法，可以說是革音，平常自一聲至三聲，不會更多，唯在下雨的早晨，聽牠一口氣叫上十二三聲，可見牠是實在喜歡極了。

這一場大雨恐怕在鄉下的窮朋友是很大的一個不幸，但是我不曾親見，單靠想像是不中用的，所以我不去虛偽地代為悲歎了。倘若有人說這所記的只是個人的事情，於人生無益，我也承認，我本來只想說個人私事，此外別無意思。今天太陽已經出來，傍晚可以出外去遊嬉，這封信也就不再寫下去了。

我本等着看你的秦遊記，現在卻由我先寫給你看，這也可以算是「意表之外」的事吧。

十三年七月十七日　在京城書

喝茶

導讀

本文發表於 1924 年 12 月 29 日的《語絲》周刊，後收入《雨天的書》和《澤瀉集》（收入後者時改名為《吃茶》）。周作人寫過多篇與茶有關的文字，還曾自號「苦茶庵老人」，儘管他説自己在生活中並不是一個特別講究喝茶的人，但他的確給人一種深諳茶道的印象，究其原因，很大程度上是由於這篇散文。

《喝茶》一文筆調自然流轉，通讀全篇，幾乎尋不到做文章的痕跡，彷彿是興之所至的隨意揮灑：以徐志摩演講作引子，緊接着開宗明義地概括了「茶道」的含義；隨即對葛辛《草堂隨筆》（今譯吉辛《四季隨筆》）中所述英國下午茶不以為然，只因其與喝茶主旨不合。作者接下來便以精妙的文字描繪了喝茶的理想情景，「瓦屋紙窗」下「可抵十年的塵夢」的名句也是周作人散文被人津津樂道的經典段落。文章行至一半，卻突然近乎走題地寫起了茶食，回憶了南京求學時吃過的乾絲，甚至提到吃乾絲如何避免堂倌厭惡的逸聞。正當讀者感覺這實屬旁逸斜出的閒筆時，作者乾脆把紹興的豆腐乾也一併寫入，甚至詳述了小販的叫賣詞，最後以比較中日茶淘飯的飲食習慣來結束全文。

雖然文章看上去隨心所欲，但作者始終圍繞着喝茶中所體現的生活理想這一主旨，所有閒筆與「跑題」都與此主旨有着或明或暗的映襯關係。如紅茶配吐司的下午茶，意在療飢止渴而非賞鑒，與茶韻相去太遠；乾絲與豆腐乾被推為好茶食，則因其質樸滋味；甚至極簡樸的茶淘飯，也與從清茶淡飯中尋出原味這一追求生活的藝術的願望息息相關。《喝茶》既體現了作者文學與人生的觀念，又展現出現代散文寫法上自由舒展的可能。

前回徐志摩先生在平民中學講「吃茶」——並不是胡適之先生所說的「吃講茶」——我沒有工夫去聽，又可惜沒有見到他精心結構的講稿，但我推想他是在講日本的「茶道」（英文譯作 Teaism），而且一定說的很好。茶道的意思，用平凡的話來說，可以稱作「忙裏偷閒，苦中作樂」，在不完全的現世享樂一點美與和諧，在剎那間體會永久，是日本之「象徵的文化」裏的一種代表藝術。關於這一件事，徐先生一定已有透徹巧妙的解說，不必再來多嘴，我現在所想說的，只是我個人的很平常的喝茶觀罷了。

喝茶以綠茶為正宗。紅茶已經沒有甚麼意味，何況又加糖——與牛奶？葛辛（George Gissing）[①]的《草堂隨筆》（*Private Papers of Henry Ryecroft*）確是很有趣味的書，但冬之卷裏說及飲茶，以為英國家庭裏下午的紅茶與黃油麪包是一日中最大的樂事，支那飲茶已歷千百年，未必能領略此種樂趣與實益的百分之一，則我殊不以為然。紅茶帶「土斯」未始不可吃，但這只是當飯，在肚飢時食之而已；我的所謂喝茶，卻是在喝清茶，在賞鑒其色與香與味，意未必在止渴，自然更不在果腹了。中國古昔曾吃過煎茶及抹茶，現在所用的都是泡茶，岡倉覺三在《茶之書》（*Book of Tea*, 1919）裏很巧妙的稱之曰「自然主義的茶」，所以我們所重的即在這自然之妙味。中國人上茶館去，左一碗右一碗的喝了半天，好像是剛從沙漠裏回來的樣子，頗合於我的喝茶的

① 葛辛，現通譯吉辛（1857—1903），英國小說家，散文家。

意思（聽說閩粵有所謂吃功夫茶者自然更有道理），只可惜近來太是洋場化，失了本意，其結果成為飯館子之流，只在鄉村間還保存一點古風，唯是屋宇器具簡陋萬分，或者但可稱為頗有喝茶之意，而未可許為已得喝茶之道也。

喝茶當於瓦屋紙窗下，清泉綠茶，用素雅的陶瓷茶具，同二三人共飲，得半日之閒，可抵十年的塵夢。喝茶之後，再去繼續修各人的勝業，無論為名為利，都無不可，但偶然的片刻優遊乃正亦斷不可少。中國喝茶時多吃瓜子，我覺得不很適宜；喝茶時可吃的東西應當是清淡的「茶食」。中國的茶食卻變了「滿漢餑餑」，其性質與「阿阿兜」相差無幾，不是喝茶時所吃的東西了。日本的點心雖是豆米的成品，但那優雅的形色，樸素的味道，很合於茶食的資格，如各色的「羊羹」（據上田恭輔氏考據，說是出於中國唐時的羊肝餅），尤有特殊的風味。江南茶館中有一種「乾絲」，用豆腐乾切成細絲，加薑絲醬油，重湯燉熱，上澆麻油，出以供客，其利益為「堂倌」所獨有。豆腐乾中本有一種「茶乾」，今變而為絲，亦頗與茶相宜。在南京時常食此品，據云有某寺方丈所製為最，雖也曾嘗試，卻已忘記，所記得者乃只是下關的江天閣而已。學生們的習慣，平常「乾絲」既出，大抵不即食，等到麻油再加，開水重換之後，始行舉箸，最為合適，因為一到即罄，次碗繼至，不遑應酬，否則麻油三澆，旋即撤去，怒形於色，未免使客不歡而散，茶意都消了。

吾鄉昌安門外有一處地方名三腳橋（實在並無三腳，乃是三出，因以一橋而跨三汊的河上也），其地有豆腐店曰周德和者，製茶乾最有名。尋常的豆腐乾方約寸半，厚可三分，值錢二文，周德和的價值相同，小而且薄，才及一半，黝黑堅實，如紫檀片。我家距三腳橋有步行兩小時的路程，故殊不易得，但能吃到油炸者而已。每天有人挑擔設爐鑊，沿街叫賣，其詞曰：

辣醬辣，
麻油炸，
紅醬搽，
辣醬拓：
周德和格五香油炸豆腐乾。

其製法如上所述，以竹絲插其末端，每枚三文。豆腐乾大小如周德和，而甚柔軟，大約係常品，唯經過這樣烹調，雖然不是茶食之一，卻也不失為一種好豆食。——豆腐的確也是極好的佳妙的食品，可以有種種的變化，唯在西洋不會被領解，正如茶一般。

日本用茶淘飯，名曰「茶漬」，以醃菜及「澤庵」(即福建的黃土蘿蔔，日本澤庵法師始傳此法，蓋從中國傳去)等為佐，很有清淡而甘香的風味。中國人未嘗不這樣吃，唯其原因，非由窮困即為節省，殆少有故意往清茶淡飯中尋其固有之味者，此所以為可惜也。

十三年十二月

日記與尺牘

導讀

本文發表於 1925 年 3 月 9 日的《語絲》周刊，後收入《雨天的書》。統觀周作人的作品，會發現並不像他在此文中所說的那樣「不能寫日記，更不善寫信」。實際上周作人幾乎寫了一輩子日記，書信體散文更是他運轉自如的文類，而寫作中的踐行正與觀念上的深刻認同關係密切。周作人對日記和尺牘相當偏愛，在他看來，寫作者的性情聲口通過這兩種文體，流露得格外自然真切。五四時期周作人曾提出「人的文學」的口號，影響很大。此文再次表彰真性情的抒發，與作者的文藝主張顯係一脈相承。

日記與尺牘這一別致的視角，讓不少寫作者的個性在讀者眼中變得豐富而多元。《全晉文》中收入的王羲之雜帖，留下了大書法家的日常生活氣息，抱怨、率真、略顯性急的性格都顯露無遺；松尾芭蕉的書信則活脱脱地顯現出這位俳句詩人絕無矯情的率性而為；契訶夫寫給妹妹的信，留存了 19 世紀末俄國小説巨匠眼中的中國人剪影。

有些日記同時也是社會經濟史與風俗史的絕好資料，但周作人從文章角度着眼，指出日記那種簡約卻富於暗示力量的文句風格，本身便是飽含詩意的高度真實。

日記與尺牘是文學中特別有趣味的東西，因為比別的文章更鮮明的表出作者的個性。詩文小說戲曲都是做給第三者看的，所以藝術雖然更加精煉，也就多有一點做作的痕跡。信札只是寫給第二個人，日記則給自己看的（寫了日記預備將來石印出書的算作例外），自然是更真實更天然的了。我自己作文覺得都有點做作，因此反動地喜看別人的日記尺牘，感到許多愉快。我不能寫日記，更不善寫信，自己的真相彷彿在心中隱約覺到，但要寫它下來，即使想定是私密的文字，總不免還有做作 —— 這並非故意如此，實在是修養不足的緣故，然而因此也越覺得別人的日記尺牘之佳妙，可喜亦可貴了。

中國尺牘向來好的很多，文章與風趣多能兼具，但最佳者還應能顯出主人的性格。《全晉文》中錄王羲之雜帖，有這兩章：

> 吾頃無一日佳，衰老之弊日至，夏不得有所噉[①]，而猶有勞務，甚劣劣。

> 不審復何似？永日多少看未？九日當採菊不？至日欲共行也，但不知當晴不耳？

我覺得這要比「奉橘三百顆」還有意思。日本詩人芭蕉

① 噉（dàn），即「啖」，吃的意思。

（Basho）有這樣一封向他的門人借錢的信，在寥寥數語中畫出一個飄逸的俳人來。

欲往芳野行腳，希惠借銀五錢。此係勒借，容當奉還。唯老夫之事，亦殊難說耳。

去來君

芭蕉

日記又是一種考證的資料。近閱汪輝祖的《病榻夢痕錄》上卷，乾隆二十年（1755）項下有這幾句話：

紹興秋收大歉。次年春夏之交，米價斗三百錢，丐殍載道。

同五十九年（1794）項下又云：

夏間米一斗錢三百三四十文。往時米價至一百五六十文，即有餓殍，今米常貴而人尚樂生，蓋往年專貴在米，今則魚蝦蔬果無一不貴，故小販村農俱可餬口。

這都是經濟史的好材料，同時也可以看出他精明的性分。日本俳人一茶（Issa）的日記一部分流行於世，最新發見刊行的為《一茶旅日記》，文化元年（1804）十二月中有記事云：

二十七日陰，買鍋。

二十九日雨，買醬。

十幾個字裏貧窮之狀表現無遺。同年五月項下云：

七日晴，投水男女二人浮出吾妻橋下。

此外還多同類的記事，年月從略。

九日晴，南風。妓女花井火刑。

二十四日晴。夜，庵前板橋被人竊去。

二十五日雨。所餘板橋被竊。

這些不成章節的文句卻含着不少的暗示的力量，我們讀了恍惚想見作者的人物及背景，其效力或過於所作的俳句。我喜歡一茶的文集《俺的春天》，但也愛他的日記，雖然除了吟詠以外只是一行半行的紀事，我卻覺得它盡有文藝的趣味。

在外國文人的日記尺牘中有一兩節關於中國人的文章，也很有意思，抄錄於下，博讀書之一粲。倘若讀者不笑而發怒，那是介紹者的不好，我願意賠不是，只請不要見怪原作者就好了。

夏目漱石日記，明治四十二年（1909）：

七月三日

晨六時地震。夜有支那人來，站在柵門前說把這個開了。問是誰，來幹甚麼，答說我你家裏的事都聽見，姑娘八位，使女三位，三塊錢。完全象[②]個瘋子。我說你走罷也仍不回去，說還不走要交給警察了，答說我是欽差，隨出去了。是個荒謬的東西。

以上據《漱石全集》第十一卷譯出，後面是從英譯《契訶夫書簡集》中抄譯的一封信。

契訶夫與妹書：

一八九〇年六月二十九日，在木拉伏夫輪船上。

我的艙裏流星紛飛——這是有光的甲蟲，好像是電氣的火光。白晝裏野羊游泳過黑龍江。這裏的蒼蠅很大。我和一個契丹人同艙，名叫宋路理，他屢次告訴我，在契丹為了一點小事就要「頭落地」。昨夜他吸鴉片煙醉了，睡夢中只是講話，使我不能睡覺。二十七日我在契丹瑷琿城近地一走。我似乎漸漸的走進一個怪異的世界裏去了。輪船簸動，不好寫字。

明天我將到伯力了。那契丹人現在起首吟他扇上所寫的詩了。

十四年三月

② 象，同「像」。

鳥聲

導讀

本文發表於 1925 年 4 月 6 日的《語絲》周刊，後收入《雨天的書》與《知堂文集》。正如開篇所言「以鳥鳴春」，《鳥聲》可以歸入周作人散文中「北平的春天」系列，以傾聽北京城的鳥鳴來尋覓此間的春之蹤跡。

在作家的耳朵裏，北平的春天倒真有點寂寞，鳥兒種類並不豐富，無非是麻雀的啾啁和啄木鳥的乾笑，還有每天都能聽到、不知道牠是哪一季的烏老鴉的聒噪。然而鳥鳴帶來的畢竟是春氣，作者反感的是那些違反自然形態的鳥，雞鴨被他稱作「家奴」，鴿子也被封為「熟番」，只有聆聽枝頭飛鳴自在的小鳥的談笑，才是屬於春天的功課。

這類自然隨筆是知堂散文的一個重要主題，頗受五四以來輸入的英國散文（Essay）的影響，但周作人寫來卻自有一番純熟套路。文章分三段，典型顯現出知堂散文中「三段論」的推演方式：先寫眼前景，概述京城的鳥聲種類，繼而從英人詩選與隨筆、清代筆記等中西古今文人作品中揀出幾條切題的記載，並以幽默的筆法評點連綴，最後再來觀照眼前景，將其放到藝術與人生的交融背景中加以提升，製造出餘音不絕的閱讀效果。這既是《鳥聲》的層次，也可由此透視知堂文章的奧祕一二。只不過，這種寫作模式照搬起來難度很大。如何在浩瀚書海中披沙揀金就是一門大學問，而保持住散文家的純正感覺，不因學問淵博而流露出知識者的優越，更是看似渾不費力、實則需要分外小心的過程。

古人有言，「以鳥鳴春。」現在已過了春分，正是鳥聲的時節了，但我覺得不大能夠聽到，雖然京城的西北隅已經近於鄉村。這所謂鳥當然是指那飛鳴自在的東西，不必説雞鳴咿咿鴨鳴呷呷的家奴，便是熟番似的鴿子之類也算不得數，因為牠們都是忘記了四時八節的了。我所聽見的鳥鳴只有簷頭麻雀的啾啁，以及槐樹上每天早來的啄木的乾笑，——這似乎都不能報春，麻雀的太瑣碎了，而啄木又不免多一點乾枯的氣味。

英國詩人那許（Nash）[1]有一首詩，被錄在所謂《名詩選》（*Golden Treasury*）的卷首。他説，春天來了，百花開放，姑娘們跳舞着，天氣溫和，好鳥都歌唱起來，他列舉四樣鳥聲：

Cuckoo, jug-jug, pee-wee, to-witta-woo!

這九行的詩實在有趣，我卻總不敢譯，因為怕一則譯不好，二則要譯錯。現在只抄出一行來，看那四樣是甚麼鳥。第一種是勃姑，書名鳲鳩，牠是自呼其名的，可以無疑了。第二種是夜鶯，就是那林間的「發痴的鳥」，古希臘女詩人稱之曰「春之使者，美音的夜鶯」，牠的名貴可想而知，只是我不知道牠到底是甚麼東西。我們鄉間的黃鶯也會「翻

---

① 那許，現通譯托馬斯．納什（1567—1601），英國詩人，伊麗莎白時期大學才子之一，多才多藝，《春》為其代表作。

叫」，被捕後常因想念妻子而急死，與牠西方的表兄弟相同，但牠要吃小鳥，而且又不發痴地唱上一夜以至於嘔血。第四種雖似異怪乃是貓頭鷹。第三種則不大明瞭，有人說是蚊母鳥，或云是田雞，但據斯密士的《鳥的生活與故事》第一章所說係小貓頭鷹。倘若是真的，那麼四種好鳥之中貓頭鷹一家已佔其二了。斯密士說這二者都是褐色貓頭鷹，與別的怪聲怪相的不同，他的書中雖有圖像，我也認不得這是鴟是鴞還是流離之子，不過總是貓頭鷹之類罷了。幾時曾聽見牠們的呼聲，有的聲如貨郎的搖鼓，有的恍若連呼「掘窪」（dzhuehuoang），俗云不祥主有死喪，所以聞者多極懊惱，大約此風古已有之，查檢觀頮道人的《小演雅》，所錄古今禽言中不見有貓頭鷹的話。然而仔細回想，覺得那些叫聲實在並不錯，比任何風聲簫聲鳥聲更為有趣，如詩人謝勒（Shelley）[②]所說。

現在，就北京來說，這幾樣鳴聲都沒有，所有的還只是麻雀和啄木鳥。老鴰，鄉間稱雲烏老鴉，在北京是每天可以聽到的，但是一點風雅氣也沒有，而且是通年噪聒，不知道牠是那[③]一季的鳥。麻雀和啄木鳥雖然唱不出好的歌來，在那瑣碎和乾枯之中到底還含一些春氣：唉唉，聽那不討人歡

② 謝勒，現通譯雪萊（1792—1822），英國浪漫主義詩人。

③ 那，同「哪」。

喜的烏老鴉叫也已夠了，且讓我們歡迎這些鳴春的小鳥，傾聽他們的談笑罷。

「啾嘶，啾嘶！」

「嘎嘎！」

十四年四月

若子的病

導讀

本文發表於 1925 年 5 月 4 日的《語絲》周刊，後收入《雨天的書》。這一年春天，周作人的小女兒若子得了腦膜炎，一度相當兇險。其女病癒後，周作人寫作此文記述若子從生病至脫險的詳細經過。在人們印象中，苦雨齋中的知堂先生是一位面容平靜、輕易不動聲色的智者，但在《若子的病》中，作者卻罕見地表現出凡人的大悲大喜。周作人最反對迷信，但讀到若子文章的描寫竟與四弟夭折前的追問驚人相似時，也忍不住脊背冰涼；待到女兒病情平穩，周作人又說如果自己是宗教信徒，心中的感激便有所歸。一位普通父親為女兒的病擔憂、焦慮、發狂，以及病情好轉後謝天謝地的狂喜躍然紙上。

周作人筆下的若子乖巧可人，她臥在病牀上伸出兩隻手來唱歌，幾句話便能讓父母破涕為笑。作為散文大師，周作人的父愛表達得極為平和、詩意，但當他感歎若子生病時桃杏已然零落，卻又很滿足「能夠留住了別個一去將不復來的春光」時，可見若子在他心中比甚麼樣的春光都要寶貴，濃厚熾烈的憐女之心展露無遺。

可愛的若子並沒能陪伴父母多久：四年後，她因盲腸炎未能及時確診，耽誤了醫治而夭折。痛心的父親又接連寫了《若子的死》等數篇文章，怒斥醫生延誤時機，甚至公開呈文要求吊銷醫生的執照。如果回溯到《若子的病》中的一番深情，周作人後來一反常態的言辭激烈也就不足為怪了。

《北京孔德學校旬刊》第二期於四月十一日出版，載有兩篇兒童作品，其中之一是我的小女兒寫的。

晚上的月亮

周若子

晚上的月亮，很大又很明。我的兩個弟弟說：「我們把月亮請下來，叫月亮抱我們到天上去玩。月亮給我們東西，我們很高興。我們拿到家裏給母親吃，母親也一定高興。」

但是這張旬刊從郵局寄到的時候，若子已正在垂死狀態了。她的母親望着攤在蓆上的報紙又看昏沉的病人，再也沒有甚麼話可說，只叫我好好地收藏起來 —— 做一個將來決不再寓目的紀念品。我讀了這篇小文，不禁忽然想起六歲時死亡的四弟椿壽，他於得急性肺炎的前兩三天，也是固執地向着傭婦追問天上的情形，我自己知道這都是迷信，卻不能禁止我脊樑上不發生冰冷的奇感。

十一日的夜中，她就發起熱來，繼之以大吐，恰巧小兒用的攝氏體温表給小波波（我的兄弟的小孩）摔破了，土步君正出着第二次種的牛痘，把華氏的一具拿去應用，我們房裏沒有體温表了，所以不能測量熱度，到了黎明從間壁房中拿表來一量，乃是四十度三分！八時左右起了痙攣，妻抱住了她，只喊說：「阿玉驚了，阿玉驚了！」弟婦（即是妻的三妹）走到外邊叫內弟起來，說：「阿玉死了！」他驚起不覺墜落牀下。這時候醫生已到來了，診察的結果說疑是「流行性腦脊髓膜炎」，雖然癥候還未全具，總之是腦的故障，危險很大。十二時又復痙攣，這回腦的方面倒少在其次了，心臟中了霉菌的毒非常衰弱，以致血行不良，皮膚現出黑色，在臂上捺一下，凹下白色的痕好久還不回復。這一日裏，院長山本博士，助手蒲君，看護婦永井君白君，前後都到，山本先生自來四次，永井君留住我家，幫助看病。第一天在混亂中過去了，次日病人雖不見變壞，可是一晝夜以來每兩小時一回的樟腦注射毫不見效，心臟還是衰弱，雖然熱度已減至三八至九度之間，這天下午因為病人想吃可可糖，我趕往哈達門去買，路上時時為不祥的幻想所侵襲，直到回家看見毫無動靜這才略略放心。第三天是火曜日，勉強往學校去，下午三點半正要上課，聽說家裏有電話來叫，趕緊又告假回來，幸而這回只是夢囈，並未發生甚麼變化。夜中十二時山本先生診後，始宣言性命可以無慮。十二日以來，經了兩次的食鹽注射，三十次以上的樟腦注射，身上擁着大小七個的冰囊，在七十二小時之末總算已離開了死之國土，這真是萬幸的事了。

山本先生後來告訴川島君說，那日火曜日他以為一定不行的了。大約是第二天，永井君也走到弟婦的房裏躲着下淚，她也覺得這小朋友怕要為了甚麼而辭去這個家庭了。但是這病人竟從萬死中逃得一生，不知是哪裏來的力量。醫呢，藥呢，她自己或別的不可知之力呢？但我知道，如沒有醫藥及大家的救護，她總是早已不存了。我若得一種宗派的信徒，我的感謝便有所歸，而且當初的驚怖或者也可減少，但是我不能如此，我對於未知之力有時或感着驚異，卻還沒有致感謝的那麼深密的接觸。我現在所想致感謝者在人而不在自然，我很感謝山本先生與永井君的熱心的幫助，雖然我也還不曾忘記四年前給我醫治肋膜炎的勞苦。川島斐君二君每日殷勤的訪問，也是應該致謝的。

整整地睡了一星期，腦部已經漸好，可以移動，遂於十九日午前搬往醫院，她的母親和「姊姊」陪伴着，因為心臟尚須療治，住在院裏較為便利，省得醫生早晚兩次趕來診察。現在溫度復原，脈搏亦漸恢復，她臥在我曾經住過兩個月的病室的牀上，只靠着一個冰枕，胸前放着一個小冰囊，伸出兩隻手來，在那裏唱歌。妻同我商量，若子的兄妹十歲的時候，都花過十來塊錢，分給傭人並吃點東西當作紀念，去年因為籌不出這筆款，所以沒有這樣辦，這回病好之後，須得設法來補做並以祝賀病癒。她聽懂了這會話的意思，便反對說：「這樣辦不好。倘若今年做了十歲，那麼明年豈不還是十一歲麼？」我們聽了不禁破顏一笑。唉，這個小小的情景，我們在一星期前哪裏敢夢想到呢！

緊張透了的心一時殊不容易鬆放開來。今日已是若子病後的第十一日，下午因為稍覺頭痛告假在家，在院子裏散步，這才見到白的紫的丁香都已盛開，山桃爛熳[1]得開始憔悴了，東邊路旁愛羅先珂君回俄國前手植作為紀念的一株杏花已經零落淨盡，只剩有好些綠蒂隱藏嫩葉的底下。春天過去了，在我們彷徨驚恐的幾天裏，北京這好像敷衍人似的短

---

① 爛熳，即「爛漫」。

促的春光早已偷偷地走過去了。這或者未免可惜，我們今年竟沒有好好地看一番桃杏花。但是花明年會開的，春天明年也會再來的，不妨等明年再看：我們今年幸而能夠留住了別個一去將不復來的春光，我們也就夠滿足了。

今天我自己居然能夠寫出這篇東西來，可見我的凌亂的頭腦也略略靜定了，這也是一件高興的事。

十四年四月二十二日　雨夜

十字街頭的塔

導讀

本文發表於 1925 年 2 月 23 日的《語絲》周刊，後收入《雨天的書》。這是一篇周作人的思想小品，主要描述了五四退潮期知識分子在面對「十字街頭」與「象牙之塔」這樣一對近似矛盾的生存方式時的抉擇。

面對時事，周作人這樣的知識者無法做到置身事外且無動於衷，他們常想發表些個人見解，這便是文中所説的「望着馬路吆喝幾聲，以出心中悶聲」；而與此同時，他們也要保留專屬自我的、獨立的思考空間，以及那方喧鬧中的「安全地」，這便是文中所形容的「想掇個凳子坐了默想一會」，不能像那些人一樣「長站在路旁」。於是，建造一座「十字街頭的塔」便成了一種富有象徵意味的知識分子的生存方式了。

但周作人又很警覺地預見到：這種生存方式恐怕又是「最不上算」的，因為很容易對大眾和紳士階層兩邊都不討好。大眾看見的是一座「象牙之塔」，會覺得這是知識階層脱離民眾的表現；而紳士們則看見的是塔建在「十字街頭」，會認為這是知識階層不安分守己、想要運動羣眾的明證。事實上，周作人的預言不幸成真了，後人在解讀周作人（包括一些與之相似的現代作家）的思想世界時，不大注重知識分子保持自身獨立性的重要性，而多將其作為一個躲進個人園地、寫一些平和沖淡的小品文的作家進行單面相的解讀。而由誤讀走向正解的過程其實也十分簡單：即不僅要關注到文中的「塔」，更要明確此「塔」建在了「十字街頭」。明確了此「塔」的獨特位置，便不難理解周作人除了小品文作家的身份外，像《談虎集》裏那樣強烈的社會批判與文明批判的諷刺力度從何而來了。

與周作人散文一貫「散漫」的風格一樣，本文以引述少年印象中的街景開篇，行文中又不時閃現趣語與閒筆，從而為其涉及的重大主旨調配上一層濃淡適宜的色調。

廚川白村著有兩本論文集，一本名《出了象牙之塔》，又有一本名為《往十字街頭》，表示他要離了純粹的藝術而去管社會事情的態度。我現在模仿他說，我是在十字街頭的塔裏。

我從小就是十字街頭的人。我的故里是華東的西朋坊口，十字街的拐角有四家店鋪，一個麻花攤，一爿[①]矮癩鬍所開的泰山堂藥店，一家德興酒店，一間水果店，我們都稱這店主人為華佗，因為他的水果奇貴有如仙丹。以後我從這條街搬到那條街，吸盡了街頭的空氣，所差者只沒有在相公殿裏宿過夜，因此我雖不能稱為道地的「街之子」，但總是與街有緣，並不是非戴上耳朵套不能出門的人物，我之所以喜歡多事，缺少紳士態度，大抵即由於此，從前祖父也罵我這是下賤之相。話雖如此，我自認是引車賣漿之徒，卻是要亂想的一種，有時想掇個凳子坐了默想一會，不能像那些「看看燈的」人們長站在路旁，所以我的卜居[②]不得不在十字街頭的塔裏了。

說起塔來，我第一想到的是故鄉的怪山上的應天塔。據說瑯琊郡的東武山，一夕飛來，百姓怪之，故曰怪山，後來怕它又要飛去，便在上邊造了一座塔。開了前樓窗一望，東南角的一幢塔影最先映到眼裏來，中元[③]前後塔上滿點着老

---

① 一爿（pán），一家（工廠或商店）。矮癩鬍，原本是綽號，此處代指開店的人。

② 卜居，房子、住宅的意思。

③ 中元，陰曆七月十五，民間的鬼節。

太婆們好意捐助去照地獄的燈籠，夜裏望去更是好看。可惜在宣統年間塔竟因此失了火，燒得只剩了一個空殼，不能再容老太婆上去點燈籠了。十年前我曾同一個朋友去到塔下徘徊過一番，拾了一塊斷磚，磚端有陽文楷書六字曰「護國禪師月江」……終於也沒有查出這位和尚是甚麼人。

但是我所説的塔，並不是那「窣堵波」[④]，或是「救人一命勝造七級浮圖」的那件東西，實在是像望台角樓之類，在西國稱作 —— 用了大眾歡迎的習見的音義譯寫出來 ——「塔圍」的便是；非是異端的，乃是帝國主義的塔。浮圖裏靜坐默想本頗適宜，現在又甚麼都正在佛化，住在塔裏也很時髦，不過我的默想一半卻是口實，我實是想在喧鬧中得到安全地，有如前門的珠寶店之預備着鐵門，雖然廊房頭條的大樓別有禳災的象徵物。我在十字街頭久混，到底還沒有入他們的幫，擠在市民中間，有點不舒服，也有點危險（怕被他們擠壞我的眼鏡），所以最好還是坐在角樓上，喝過兩斤黃酒，望着馬路吆喝幾聲，以出心中悶聲，不高興時便關上樓窗，臨寫自己的《九成宮》，多麼自由而且寫意。寫到這裏忽然想起歐洲中古的民間傳説，木板畫上表現出哈多主教逃避怨鬼所化的鼠妖，躲在荒島上好像大煙筒似的磚塔內，露出頭戴僧冠的上半身在那裏着急，一大隊老鼠都渡水過來，有幾隻大老鼠已經爬上塔頂去了，—— 後來這位主教據説終於被老鼠們吃下肚去。你看，可怕不可怕？這樣説來，

④ 窣堵波，即「塔」，梵語的音譯。

似乎那種角樓又不很可靠了。但老鼠可進，人則不可進，反正我不去結怨於老鼠，也就沒有甚麼要緊。我再想到前門外鐵柵門之安全，覺得我這塔也可以對付，倘若照雍濤先生的格言亭那樣建造，自然更是牢固了。

別人離了象牙的塔走往十字街頭，我卻在十字街頭造起塔來住，未免似乎取巧罷？我本不是任何藝術家，沒有象牙或牛角的塔，自然是站在街頭的了，然而又有點怕累，怕擠，於是只好住在臨街的塔裏，這是自然不過的事。只是在現今中國這種態度最不上算，大眾看見塔，便説這是智識階級（就是罪），紳士商賈見塔在路邊，便説這是黨人（應取締）。不過這也沒有甚麼妨害，還是如水竹村人所説「聽其自然」，不去管它好罷，反正這些閒話都靠不住也不會久的。老實説，這塔與街本來並非不相干的東西，不問世事而縮入塔裏原即是對於街頭的反動，出在街頭説道工作的人也仍有他們的塔，因為他們自有其與大眾乖戾的理想。總之只有預備跟着街頭的羣眾去瞎撞胡混，不想依着自己的意見説一兩句話的人，才真是沒有他的塔。所以我這塔也不只是我一個人有，不過這個名稱是由我替他所取的罷了。

一九二五年二月

烏篷船

導讀

本文發表於 1926 年 11 月 27 日的《語絲》周刊，後收入《澤瀉集》與《周作人書信》。周作人自己很喜歡這篇散文，他曾對朋友李小峰說：如果文集中能有兩三篇稍微好點的文章，如《烏篷船》這樣，那就很滿足了。實際上，這篇大名鼎鼎的作品，仍然採取的是書信體的形式；只不過，這是一封寫給自己的信。收信人「子榮君」是周作人曾經用過的一個筆名。

那麼，周作人為甚麼要寫這樣一封給自己的信呢？

原來，信中周作人流露了一種濃郁卻又故作平淡的思鄉之情。他認為故鄉的風土人情是「寫不盡的」，只需以一件事物——船為例，便已經很有趣了。說起烏篷船的種類與構造，周作人可謂是不厭其細，再談及舟中見聞，更是一派如畫景色。

模擬一種向友人介紹家鄉風物的口吻，似乎特別容易將文章寫得親切有味。這種促膝談心不擺架子的文體，是這篇散文獲得成功的祕訣之一。寫到末了，周作人似乎也真的為不能陪伴這位虛擬的朋友子榮回鄉坐夜船、談閒天而頗感惆悵了。然而寫作的過程或許就是一趟精神還鄉之旅，寫封信給那個可以隨時返鄉的「子榮君」（即另一個自己），談談烏篷船及其所承載的故鄉情景，不啻可以安慰一下客居北方的南來遊子的寂寞心靈。

子榮君：

接到手書，知道你要到我的故鄉去，叫我給你一點甚麼指導。老實說，我的故鄉，真正覺得可懷戀的地方，並不是那裏；但是因為在那裏生長，住過十多年，究竟知道一點情形，所以寫這一封信告訴你。

我所要告訴你的，並不是那裏的風土人情，那是寫不盡的，但是你到那裏一看也就會明白的，不必羅唆[①]地多講。我要說的是一種很有趣的東西，這便是船。你在家鄉平常總坐人力車，電車，或是汽車，但在我的故鄉那裏這些都沒有，除了在城內或山上是用轎子以外，普通代步都是用船。船有兩種，普通坐的都是「烏篷船」，白篷的大抵作航船用，坐夜航船到西陵去也有特別的風趣，但是你總不便坐，所以我也就可以不說了。烏篷船大的為「四明瓦」（Symenngoa），小的為腳划船（划讀如 uoa）亦稱小船。但是最適用的還是在這中間的「三道」，亦即三明瓦。篷是半圓形的，用竹片編成，中夾竹箬，上塗黑油；在兩扇「定篷」之間放着一扇遮陽，也是半圓的，木作格子，嵌着一片片的小魚鱗，徑約一寸，頗有點透明，略似玻璃而堅韌耐用，這就稱為明瓦。三明瓦者，謂其中艙有兩道，後艙有一道明瓦也。船尾用櫓，大抵兩支，船首有竹篙，用以定船。船頭着眉目，狀如老虎，但似在微笑，頗滑稽而不可怕，唯白篷船則無之。三道船篷之高大約可以使你直立，艙寬可以放

① 羅唆，即「囉唆」。

下一頂方桌，四個人坐着打麻將 —— 這個恐怕你也已學會了罷？小船則真是一葉扁舟，你坐在船底席上，篷頂離你的頭有兩三寸，你的兩手可以擱在左右的舷上，還把手都露出在外邊。在這種船裏彷彿是在水面上坐，靠近田岸去時泥土便和你的眼鼻接近，而且遇着風浪，或是坐得少不小心，就會船底朝天，發生危險，但是也頗有趣味，是水鄉的一種特色。不過你總可以不必去坐，最好還是坐那三道船吧。

你如坐船出去，可是不能像坐電車的那樣性急，立刻盼望走到，倘若出城，走三四十里路（我們那裏的里程是短，一里才及英里三分之一），來回總要預備一天。你坐在船上，應該是遊山的態度，看看四周物色，隨處可見的山，岸旁的烏桕，河邊的紅蓼和白蘋，漁舍，各式各樣的橋，困倦的時候睡在艙中拿出隨筆來看，或者沖一碗清茶喝喝。偏門外的鑒湖一帶，賀家池，壺觴左近，我都是喜歡的，或者往婁公埠騎驢去遊蘭亭（但我勸你還是步行，騎驢或者於你不很相宜），到得暮色蒼然的時候進城上都掛着薜荔的東門來，倒是頗有趣味的事。倘若路上不平靜，你往杭州去時可於下午開船，黃昏時候的景色正最好看，只可惜這一帶地方的名字我都忘記了。夜間睡在艙中，聽水聲櫓聲，來往船隻的招呼聲，以及鄉間的犬吠雞鳴，也都很有意思，僱一隻船到鄉下去看廟戲，可以了解中國舊戲的真趣味，而且在船上行動自如，要看就看，要睡就睡，要喝酒就喝酒，我覺得也可以算是理想的行樂法。只可惜講維新以來這些演劇與迎會都已禁止，中產階級的低能人別在「布業會館」（？）等處建起「海式」的戲場來，請大家買票看上海的貓兒戲。這些地方你千萬不要去。—— 你到我那故鄉，恐怕沒有一個人認得，我又因為在教書不能陪你去玩，坐夜船，談閒天，實在抱歉而且惆悵。川島君夫婦現在偁山[2]下，本來可以給你紹介，但是你到那裏的時候他們恐怕已經離開故鄉了。初寒，善自珍重，不盡。

十五年一月十八日夜　於北京

② 偁（chēng）山，地名。

麻醉禮贊

導讀

本文作於 1929 年，發表於 1929 年 12 月 5 日的《益世報》。這一年，周作人的創作量很少。在周作人散文中，《麻醉禮贊》屬於那種以玩笑話傳達苦澀命題的散文類型。經歷了「四一二」清黨事件之後，周作人目睹了太多的血腥，精神上一度幻滅，陷入「怎麼説才好」的表達困惑。他禮贊麻醉、啞巴等生活中的非正常現象，是在生僻題材中開拓寫作路徑的新穎嘗試。在周作人心目中，最佩服的是那些哥薩克勇士，「對於人生細細嚐味，如啜苦酒，一點都不含胡，其堅苦卓絕蓋不可及」。與之相比，周作人認為自己只是一個凡人。凡人雖然對於人生的苦味都能清醒地看見、聽見，但又無法像哥薩克勇士那樣高聲大喊。實在無處排遣生命中不能承受之重，才會想到去禮贊麻醉，幻想能夠暫時逃離人生的窒息。

然而這種沉重的意蘊，偏偏又用通篇的玩笑話傳達出來。例如文末作者直言：「我們的生活恐怕還是醉生夢死最好罷。」「醉生夢死」恰恰並非作者本意，此處明顯是一種對醜惡現實的獨特抵制。至於以飲酒來自我麻醉，周作人則認為能將人引往童話的國土，他的兩位族叔曾醉到拿黑狗當棉鞋，正是外人無法理解的神聖樂趣，而我輩平時要保持拿棉鞋當棉鞋的清醒，實際上卻是一種不幸。對於這類逸趣橫生的地方，是讀文章時要仔細辨析的。

需要注意的是，周作人在本文中也表現出對於純粹的麻醉之樂的欣賞。這是將麻醉當作人生藝術之一種來探討了，與周作人對人生與藝術關係的關注是息息相關的。

麻醉，這是人類所獨有的文明。書上雖然說，斑鳩食桑椹則醉，或云，貓食薄荷則醉，但這都是偶然的事，好像是人錯吃了笑菌，笑得個一塌糊塗，並不是成心去吃了好玩的。成心去找麻醉，是我們萬物之靈的一種特色，假如沒有這個，人之所以異於禽獸者幾希了。

麻醉有種種的方法。在中國最普通的一種是抽大煙。西洋聽說也有文人愛好這件東西，一位散文家的傑作便是煙盤旁邊的回憶，另一詩人的一篇《忽不列汗[①]》的詩也是從芙蓉城的醉夢中得來的。中國人的抽大煙則是平民化的，並不為某一階級所專享，大家一樣地吱吱的抽吸，共享麻醉的洪福，是一件值得稱揚的事。鴉片的趣味何在，我因為沒有入過黑籍，不能知道，但總是麻蘇蘇地很有趣罷。我曾見一位煙戶，窮得可以，真不愧為鶉衣百結，但頭戴一頂瓜皮帽，前面頂邊燒成一個大窟窿，乃是沉醉時把頭屈下去在燈上燒去的，於此即可想見其陶然之狀態了。近代傳聞孫馨帥有一隊煙兵，在煙癮抽足的時候衝鋒最為得力，則已失了麻醉的意義，至少在我以為總是不足為訓的了。

中國古已有之的國粹的麻醉法，大約可以說是飲酒。劉伶的「死便埋我」，可以算是最徹底了，陶淵明的詩也總是三句不離酒，如云「撥置且莫念，一觴聊可揮」，又云「天運苟如此，且進杯中物」，又云「中觴縱遙情，忘彼千載

① 忽不列汗，即忽必烈（1215—1294），元朝的創建者。汗為對他的尊稱。

憂。且極今朝樂，明日非所求。」都是很好的例。酒，我是頗喜歡的，不過曾經聲明過，殊不甚了解陶然之趣，只是亂喝一番罷了。但是在別人的確有麻醉的力量，它能引人着勝地，就是所謂童話之國土。我有兩個族叔，尤是這樣幸福的國土裏的住民。有一回冬夜，他們沈醉[②]回來，走過一乘吾鄉所很多的石橋，哥哥剛一抬腳，棉鞋掉了，兄弟給他在地上亂摸，說道，「哥哥棉鞋有了。」用腳一踹，卻又沒有，哥哥道，「兄弟，棉鞋汪的一聲又不見了！」原來這乃是一隻黑小狗，被兄弟當作棉鞋捧了來了。我們聽了或者要笑，但他們那時神聖的樂趣我輩外人那裏[③]能知道呢？的確，黑狗當棉鞋的世界於我們真是太遠了，我們將棉鞋當棉鞋，自己說是清醒，其實卻是極大的不幸，何為可惜十二文錢，不買一提黃湯，灌得倒醉以入此樂土乎。

信仰與夢，戀愛與死，也都是上好的麻醉。能夠相信宗教或主義，能夠做夢，乃是不可多得的幸福的性質，不是人人所能獲得。戀愛要算是最好了，無論何人都有此可能，而且猶如採補求道，一舉兩得，尤為可喜。不過此事至難，第一須有對手，不比別的只要一燈一盞即可過癮，所以即使不說是奢侈，至少也總是一種費事的麻醉罷。至於失戀以至反目，事屬尋常，正如酒徒嘔吐，煙客脾泄，不足為病，所當從頭承認者也。末後說到死。死這東西，有些人以為還好，

② 沈醉，同「沉醉」。
③ 那裏，同「哪裏」。

有些人以為很壞，但如當作麻醉品去看時，這似乎倒也不壞。伊壁鳩魯[④]說過，死不足怕，因為死與我輩沒有關係，我們在時尚未有死，死來時我們已沒有了。快樂派是相信原子說的，這種唯物的說法可以消除死的恐怖，但由我們看來，死又何嘗不是一種快樂，麻醉得使我們沒有，這樣樂趣恐非醇酒婦人所可比擬的罷？所難者是怎樣才能如此麻醉、快樂？這個我想是另一問題，不是我們現在所要談論的了。

醉生夢死，這大約是人生最上的生活法罷？然而也有人不願意這樣。普通外科手術總用全身或局部的麻醉，唯偶有英雄獨破此例，如關雲長刮骨療毒，為世人所佩服，固其宜也。蓋世間所有唯辱與苦，茹苦忍辱，斯乃得度。畫廊派哲人（Stoics）[⑤]之勇於自殺，自成宗派，若彼得洛紐思（Petroncus）[⑥]聽歌飲酒，切脈以死，雖稍貴族的，故自可喜。達拉思布耳巴（Taras Bulba）[⑦]長子為敵所獲，毒刑致死，臨死曰，「父親，你都看見麼？」達拉思匿觀眾中

④ 伊壁鳩魯（公元前 341—公元前 270），古希臘哲學家，無神論者，伊壁鳩魯學派的創始人。

⑤ 畫廊派哲人，指古希臘的斯多葛哲學學派（或稱斯多亞學派），因在雅典集會廣場的廊苑聚眾講學而得名。Stoic 在希臘文中指門廊。

⑥ 彼得洛紐思，現通譯佩特羅尼烏斯（？—66），貴族出身，羅馬官員與作家，據傳曾作《諷世錄》。佩特羅尼烏斯原本是尼祿皇帝的寵臣，但被人控告圖謀不軌，故切脈自殺。

⑦ 達拉思布耳巴，現通譯塔拉斯．布爾巴（約生活於 16 世紀），哥薩克民族英雄，俄國著名作家果戈理曾寫過《塔拉斯．布爾巴》的長篇小說。

大呼曰，「兒子，我都看見！」此則哥薩克之勇士，北方之強也。此等人對於人生細細嚐味，如啜苦酒，一點都不含胡[8]，其堅苦卓絕[9]蓋不可及，但是我們凡人也就無從追蹤了。話又說了回來，我們的生活恐怕還是醉生夢死最好罷。——所苦者我只會喝幾口酒，而又不能麻醉，還是清醒地都看見聽見，又無力高聲大喊。此乃是凡人之悲哀，實為無可如何者耳。

十八年十一月三十日

⑧ 含胡，同「含糊」。

⑨ 堅苦卓絕，同「艱苦卓絕」。

金魚

導讀

本文最初發表於 1930 年 4 月 17 日的《益世報副刊》，次年 4 月 30 日又發表於《青年界》，後收入《看雲集》中的一組總題為「草木蟲魚」的散文中。

本文以《金魚》為題，但作者首先明白宣佈他其實是很不喜歡金魚的。這不免讓人聯想到周作人的另一篇散文《北平的春天》：在花費了大半篇幅去寫故鄉的春天之後，得出的結論是不大承認北平有春天，篇末還更為離題地拋出了「我倒還是愛北平的冬天」。這不禁讓我們產生好奇：不喜歡的理由究竟何在？

原來，作者不喜歡金魚的原因，是因為金魚的形態讓他聯想到了纏足的女子。早在 1921 年，作者便寫過一篇《天足》，講述了一個「文明古國的新青年」每每因為纏足女子的存在，而「正式的受封為甚麼社的生番」的離奇故事。幾乎十年後，寫於 1930 年的《金魚》，對「纏足」進行反感和反思，與《天足》彷彿是一席談話的上下篇。

「纏足」是作者深惡痛絕的「野蠻氣」，出於這一原因，長相湊巧有些像「小腳女人」的金魚成了周作人借題發揮的對象，招致了這位猛烈抨擊過纏足現象的作者的不喜。雖然時代前進，但「野蠻」世界似乎並未離作者遠去，反倒讓他常有「故鬼重來」的恐懼感。對封建陰影時刻纏繞的警惕成為這位五四思想家時常面對的終身命題，這也成為《金魚》中的電石火光，使得此篇層次簡單的散文，有着看似不切題卻又緊緊扣題的魅力。

雖然有着沉甸甸的思想含量，但《金魚》同時也充滿了戲擬手法，例如對於與金魚頗為相似的緋鯉的盡情調侃，對於叭兒狗與鸜鵡的形容等，使文章妙趣橫生，讀來相當愉快。

我覺得天下文章共有兩種，一種是有題目的，一種是沒有題目的。普通做文章大都先有意思，卻沒有一定的題目，等到意思寫出了之後，再把全篇總結一下，將題目補上。這種文章裏邊似乎容易出些佳作，因為能夠比較自由地發表，雖然後寫題目是一件難事，有時竟比寫本文還要難些。但也有時候，思想散亂不能集中，不知道寫甚麼好，那麼先定下一個題目，再做文章，也未始沒有好處，不過這有點近於賦得，很有做出試帖詩來的危險罷了。偶然讀英國密倫（A. A. Milne）[①]的小品文集，有一處曾這樣說，有時排字房來催稿，實在想不出甚麼東西來寫，只好聽天由命，翻開字典，隨手抓到的就是題目。有一回抓到金魚，結果果然有一篇金魚收在集裏。我想這倒是很有意思的事，也就來一下子，寫一篇金魚試試看，反正我也沒有甚麼非說不可的大道理，要盡先發表，那麼來做賦得的詠物詩也是無妨，雖然並沒有排字房催稿的事情。

說到金魚，我其時是很不喜歡金魚的，在豢養的小動物裏邊，我所不喜歡的，依着不喜歡的程度，其名次是叭兒狗，金魚，鸚鵡。鸚鵡身上穿着大紅大綠，滿口怪聲，很有野蠻氣，叭兒狗的身體固然太小，還比不上一隻貓（小學教科書上卻還在說，貓比狗小，狗比貓大！），而鼻子尤其聳得難過。我平常不大喜歡聳鼻子的人，雖然那是人為的，暫

① 密倫，現通譯米爾恩（1882—1956），英國著名劇作家、童話作家和兒童詩人，寫過童話《小熊維尼》。

時的，把鼻子聳動，並沒有永久的將它縮作一堆。人的臉上固然不可沒有表情，但我想只要淡淡地表示就好，譬如微微一笑，或者在眼光中露出一種感情，——自然，戀愛與死等可以算是例外，無妨有較強烈的表示，但也似乎不必那樣掀起鼻子，露出牙齒，彷彿是要咬人的樣子。這種嘴臉只好放到影戲裏去，反正與我沒有關係，因為二十年來我不曾看電影。然而金魚恰好兼有叭兒狗與鸚鵡二者的特點，牠只是不用長繩子牽了在貴夫人的裙邊跑，所以減等發落，不然這第一名恐怕準定是牠了。

我每見金魚一團肥紅的身體，突出兩隻眼睛，轉動不靈地在水中游泳，總會聯想到中國的新嫁娘，身穿紅布襖褲，紮着褲腿，拐着一對小腳伶俜地走路。我知道自己有一種毛病，最怕看真的，或是類似的小腳。十年前曾寫過一篇小文曰《天足》，起頭第一句云：「我最喜歡看見女人的天足。」曾蒙友人某君所賞識，因為他也是反對「務必腳小」的人，我倒並不是怕做野蠻，現在的世界正如美國洛威教授的一本書名，誰都有「我們是文明麼」的疑問，何況我們這道統國，剮呀割呀都是常事，無論個人怎麼努力，這個野蠻的頭銜休想去掉，實在凡是稍有自知之明，不是誇大狂的人，恐怕也就不大有想去掉的這種野心與妄想。小腳女人所引起的另一種感想乃是殘廢，這是極不愉快的事，正如駝背或脖子上掛着一個大瘤，假如這是天然的，我們不能說是嫌惡，但總之至少不喜歡看總是確實的了。有誰會賞鑒駝背或大瘤呢？金魚突出眼睛，便是這一類的現象。另外有叫做緋鯉的，大約是牠的表兄弟罷，一樣的穿着大紅棉襖，只是不開衩，眼睛也是平平地裝在腦袋瓜兒裏邊，並不比平常的魚更為鼓出，因此可見金魚的眼睛是一種殘疾，無論碰在水草上時容易戳瞎烏珠，就是平常也一定近視的了不得，要吃饅頭末屑也不大方便罷。照中國人喜歡小腳的常例推去，金魚之愛可以說宜乎眾矣，但在不佞實在是兩者都不敢愛，我所愛的還只是平常的魚而已。

想像有一個大池，——池非大不可，須有活水，池底有種種水草才行，如從前碧雲寺的那個石池，雖然老實說起來，人造的死海似的水窪都沒有多大意思，就是三海也是俗氣寒傖氣，無論這是哪一個大皇帝所造，因為皇帝壓根兒就非俗惡粗暴不可，假如他有點兒懂得風趣，那就得亡國完事，至於那些俗惡的朋友也會亡國，那是另一回事。如今話又說回來，一個大池，裏邊如養着魚，那最好是天空或水的顏色的，如鯽魚，其次是鯉魚。我這樣的分等級，好像是以肉的味道為標準，其實不然。我想水裏游泳着的魚應當是暗黑色的才好，身體又不可太大，人家從水上看下去，窺探好久，才看見隱隱的一條在那裏，有時或者簡直就在你的鼻子前面，等一忽兒卻又不見了，這比一件紅冬冬的東西漸漸地近擺來，好像望那西湖裏的廣告船（據說是點着紅燈籠，打着鼓），隨後又漸漸地遠開去，更為有趣得多。鯽魚便具備這種資格，鯉魚未免個兒太大一點，但牠是要跳龍門去的，這又難怪牠。此外有些白鰷，細長銀白的身體，游來游去，彷彿是東南海邊的泥鰍龍船，有時候不知為甚麼事出了驚，撥刺地翻身即逝，銀光照眼，也能增加水界的活氣。在這樣地方，無論是金魚，就是平眼的緋鯉，也是不適宜的。紅襖褲的新嫁娘，如其腳是小的，那只好就請她在炕上爬或坐着，即使不然，也還是坐在房中，在油漆氣芸香或花露水氣中，比較地可以得到一種調和，所以金魚的去處還是富貴人家的繡房，浸在五彩的磁缸中，或是玻璃的圓球裏，去和叭兒狗與鸚䳇做伴侶罷了。

幾個月沒有寫文章，天下的形勢似乎已經大變了，有志要做新文學的人，非多講某一套話不容易出色。我本來不是文人，這些時式[②]的變遷，好歹於我無干，但以旁觀者的地位看去，我倒是覺得可以贊成的。為甚麼呢？文學上永久有兩種潮流，言志與載道。二者之中，則載道易而言志難。我寫這篇賦得金魚，原是有題目的文章，與帖括有點相近，蓋已少言志而多載道歟。我雖未敢自附於新文學之末，但自己覺得頗有時新的意味，故附記於此，以志作風之轉變云耳。

十九年三月十日

② 時式，同「時勢」。

蝨子

導讀

本文發表於 1930 年 4 月 30 日的《未名》，後收入《看雲集》與《知堂文集》。在常人看來，蝨子總與不潔相連，因而避之唯恐不及。本文卻從反面立意，着力鈎沉蝨子在中西文化史上風雅的一頁。

中國古代，捫蝨而談往往成為名士風度的表象；18 世紀西洋貴婦的厚重髮飾常常招來滿頭蝨子，結果卻只發明出象牙鈎釵來搔癢，而並非由此改進清潔習慣；貴人清客們以齒斃蝨，甚至商討生吃還是熟食好；好友間以相互捉蝨為消遣，並以請對方吃蝨子來增進親密……

作者為我們羅列出一則則讓人乍讀驚愕、繼而大笑的材料，以文言筆記與西洋近著為主，似乎又是一篇博學之文。然而，讀者不難注意到作者引用了美國人類學教授洛威的著作《我們是文明麼》。周作人在其他文章中也多次提及此書，恐怕很大一部分原因是因為其思路與周作人質詢古國文明的目的頗為相合。此文不厭其煩地搜羅排列與蝨子有關的文獻資料，正是要有意指點人們注意人類素來頗為自豪的文明歷程中那些其實禁不起推敲的野蠻暗角與荒誕之處。

從題材上看，《蝨子》與《蒼蠅》一樣故意選擇微物落筆，不乏輕鬆戲謔的成分，但其深層含義卻從屬於作者的正經命題。文章後半段又援引了日本詩人小林一茶的詠蝨名作，以餘音嫋嫋的俳句為此番探討籠罩上一層文學的輕紗，有心讀者自能從所謂的考證與辨析中解出其間真意。

偶讀羅素所著的《結婚與道德》，第五章講中古時代思想的地方，有這一節話：

那時教會攻擊洗浴的習慣，以為凡使肉體清潔可愛好者皆有發生罪惡之傾向。骯髒不潔是被讚美，於是聖賢的氣味變成更為強烈了，聖保拉[①]說，身體與衣服的潔淨，就是靈魂的不淨。蝨子被稱為神的明珠，爬滿這些東西是一個聖人的必不可少的記號。

我記起我們東方文明的選手故辜鴻銘先生來了，他曾經禮贊過不潔，說過相仿的話，雖然我不能知道他有沒有把蝨子包括在內，或者特別提出來過。但是，即是辜先生不曾有甚麼頌詞，蝨子在中國文化歷史上的位置也並不低，不過這似乎只是名流的裝飾，關於古聖先賢還沒有文獻上的證明罷了。晉朝的王猛的名譽，一半固然在於他的經濟的事業，他的捉蝨子這一件事恐怕至少也要居其一半。到了二十世之初，梁任公[②]先生在橫濱辦《新民叢報》，那時有一位重要的撰述員，名叫捫蝨談虎客，可見這個還很時髦，無論他身上是否真有那晉朝的小動物。

洛威（R. H. Lowie）博士是舊金山大學的人類學教授，近著一本很有意思的通俗書《我們是文明麼》，其中有好些

① 聖保拉，即聖保羅，耶穌十二門徒之一。

② 梁任公，即梁啟超（1873—1929），中國近代啟蒙思想家、文學家。

可以供我們參考的地方。第十章講衣服與時裝，他說起十八世紀時婦女梳了很高的髻，有些矮的女子，她的下巴頦兒正在頭頂到腳尖的中間。在下文又說道：

宮裏的女官坐車時只可跪在台板上，把頭伸在窗外，她們跳着舞，總怕頭碰了掛燈。重重撲粉厚厚襯墊的三角塔終於滿生了蝨子，很是不舒服，但西歐的時風並不就廢止這種時裝。結果發明了一種象牙鈎釵，拿來搔癢，算是很漂亮的。

第二十一章講衛生與醫藥，又說到「十八世紀的太太們的頭上成羣的養着蝨子」。又舉例說明道：

一三九三年，一個法國著者教給他美麗的讀者六個方法，治她們的丈夫的跳蚤，一五三九年出版的一本書列有奇效方，可以除滅跳蚤，蝨子，蝨卵，以及臭蟲。

照這樣看來，不但證明「西洋也有臭蟲」，更可見貴夫人的青絲上也滿生過蝨子。在中國，這自然更要普遍了，褚人獲編《堅瓠集》丙集卷三有一篇《鬚蝨頌》，其文曰：

王介甫王禹玉同侍朝，見蝨自介甫襦領直緣其鬚，上顧而笑，介甫不知也。朝退，介甫問上笑之故，禹玉指以告，介甫命從者去之。禹玉曰：「未可輕去，願頌一言。」介甫曰：「何如？」禹玉曰：「屢遊相鬚，曾經御覽，未可殺也，或曰放焉。」眾大笑。[③]

我們的荊公是不修邊幅的，有一個半個小蟲在鬍鬚上爬，原算不得是甚麼奇事，但這卻令我想起別一件軼事來，據說徽宗在五國城，寫信給舊臣道，「朕身上生蟲，形如琵琶。」照常人的推想，皇帝不認識蝨子，似乎在情理之中，而且這樣傳說，幽默與悲感混在一起，也頗有意思，但是參照上文，似乎有點不大妥帖了。宋神宗見了蝨子是認得的，到了徽宗反而退步，如果屬實，可謂不克繩其祖武了。《堅瓠集》中又有一條《恒言》，內分兩節如下：

張磊塘善清言，一日赴徐文貞公席，食鯧魚鰉魚。庖人誤不置醋。張云：「倉皇失措。」文貞腰捫一蝨，以齒斃之，血濺齒上。張云：「大率類此。文貞亦解頤。」

清客以齒斃蝨有聲，妓哂之。頃妓亦得蝨，以添香置爐中而爆。客顧曰，熟了。妓曰，越於生吃。

這一條筆記是很重要的蝨之文獻，因為他在說明貴人清客妓女都有捫蝨的韻致外，還告訴我們斃蝨的方法。《我們是文明麼》第二十一章中說：

③ 這段話的大致含義是王安石鬍鬚中生了蝨子，遭到了皇帝和同事的嘲笑。王安石（1021—1086），字介甫，人稱「王荊公」，北宋政治家、文學家。

正如老鼠離開將沉的船，蝨子也會離開將死的人，依照冰地的學說。所以一個沒有蝨子的愛斯吉摩人[④]是很不安的。這是多麼愉快而且適意的事，兩個好友互捉頭上的蝨以為消遣，而且隨復莊重的將牠們送到所有者的嘴裏去。在野蠻世界，這種交互的服務實在是很有趣的遊戲。黑龍江邊的民族不知道有別的更好的辦法，可以表示夫婦的愛情與朋友的交誼。在亞爾泰山及南西伯利亞的突厥人也同樣的愛好這個玩藝兒。他們的皮衣裏滿生着蝨子，那妙手的土人便永遠在那裏搜查這些生物，捉到了的時候，咂一咂嘴兒把牠們都吃下去。拉得洛夫博士親自計算過，他的嚮導在一分鐘內捉到八九十四。在原始民間故事裏多講到這個普遍而且有益的習俗，原是無怪的。

由此可見普通一般斃蝨法都是同徐文貞公一樣，就是所謂「生吃」的，只可惜「有禮節的歐洲人是否吞嚥他們的寄生物查不出證據」，但是我想這總也可以假定是如此罷，因為世上恐怕不會有比這個更好的辦法，不過史有闕文，洛威博士不敢輕易斷定罷了。

但世間萬事都有例外，這裏自然也不能免。佛教反對殺生，殺人是四重罪之一，犯者波羅夷不共住，就是殺畜生也犯波逸提罪[⑤]，他們還注意到水中土中幾乎看不出的小蟲，那

④ 愛斯吉摩人，即愛斯基摩人。

⑤ 波羅夷和波逸提都是佛教中的罪行。波羅夷不共住的含義是犯了波羅夷罪的僧人，將不入僧人之數。

麼對於蝨子自然也不肯忽略過去。《四分律》卷五十《房舍犍度法》中云：

於多人住處拾蝨棄地，佛言不應爾。彼上座老病比丘數數起棄蝨，疲極，佛言聽以器，若毳，若劫貝，若敝物，若綿，拾著中。若蝨走出，應作筒盛。彼用寶作筒，佛言不應用寶作筒，聽用角牙，若骨，若鐵，若銅，若鉛錫，若竿蔗草，若竹，若葦，若木，作筒，蝨若出，應作蓋塞。彼寶作塞，佛言不應用寶作塞，應用牙骨乃至木作，無安處，應以縷繫着牀腳裏。

小林一茶（1763—1827）是日本近代的詩人，又是佛教徒，對於動物同聖芳濟一樣，幾乎有兄弟之愛，他的詠蝨的詩句據我所見就有好幾句，其中有這樣的一首，曾譯錄在《雨天的書》中，其詞曰：

捉到一個蝨子，將牠掐死固然可憐，要把牠捨在門外，讓牠絕食，也覺得不忍，忽然想到我佛從前給與鬼子母的東西，成此。

蝨子呵，放在和我味道一樣的石榴上爬着。（註：日本傳說，佛降伏鬼子母，給與石榴實食之，以代人肉，因榴實味酸甜似人肉云。據《鬼子母經》說，她後來變為生育之神，這石榴大約只是多子的象徵罷了。）

這樣的待遇在一茶可謂仁至義盡，但蝨子恐怕有點覺得不合式[⑥]，因為像和尚那麼吃淨素牠是不見得很喜歡的。但是，在許多蝨的本事之中，這些算是最有風趣了。佛教雖然也重聖貧，一面也還講究 —— 這稱作清潔未必妥當，或者總叫作「威儀」罷。因此有些法則很是細密有趣，關於蝨的處分即其一例，至於一茶則更是浪漫化了一點罷了。中國捫蝨的名士無論如何不能到這個境界，也決做不出像一茶那樣的許多詩句來，例如 ——

喂，蝨子呵，爬罷爬罷，向着春天的去向。

實在譯不好，就此打住罷。—— 今天是清明節，野哭之聲猶在於耳，回家寫這小文，聊以消遣，覺得這倒是頗有意義的事。

民國十九年四月五日　於北平

附記

友人指示，周密《齊東野語》中有材料可取，於卷十七查得《嚼蝨》一則，今補錄於下：

⑥ 合式，同「合適」。

余負日茅簷，分漁樵半席，時見山翁野媪捫身得蝨，則致之口中，若將甘心焉，意甚惡之。然揆之於古，亦有說焉。應侯謂秦王曰，得宛臨，流陽夏，斷河內，臨東陽，邯鄲猶口中蝨。王莽校尉韓威曰：「以新室之威而吞胡虜，無異口中蚤蝨。」陳思王著論亦曰：「得蝨者莫不劘之齒牙，為害身也。」三人皆當時貴人，其言乃爾，則野老劘蝨亦自有典故，可發一笑。

我當推究嚼蝨的原因，覺得並不由於「若將甘心」的意思，其實只因蝨子肥白可口，臭蟲固然氣味不佳，蚤又太小一點了，而且放在嘴裏跳來跳去，似乎不大容易咬着。今見韓校尉的話，彷彿基督同時的中國人曾兩者兼嚼，到得後來才人心不古，取大而捨小，不過我想這個證據未必怎麼可靠，恐怕這單是文字上的支配，那麼跳蚤原來也是一時的陪綁罷了。

四月十三日又記

體罰

導讀

本文發表於 1931 年 4 月 10 日的《新學生》，後收入《看雲集》和《知堂文集》。「體罰」這個詞，立刻讓人聯想到古代私塾先生手中的毛竹板子和戒尺，幾乎成為東方古國兒童的夢魘。然而在 16 世紀的西洋，卻有種奇特的習俗：兒童要親吻一根棍子，而這根棍子正是平常用來責罰他的；不僅如此，還要唸叨一首順口溜：「親愛的棍子，忠實的棍子，沒有你老，我哪能變好。」這樣看來，中國那句廣為流傳的俗話「棍棒底下出孝子」竟是東西方所見略同的至理名言了。

文章談到了古今中外的各種體罰逸聞：法國國王路易十三即位後仍免不了被打；光緒皇帝試圖逃出宮時曾被揪着辮子拉回去；大思想家盧梭小時候被老師打過屁股，長大後卻在名著《愛彌兒》中提出要對兒童進行嚴厲的處置。成人總能迅速忘記當小孩時的苦楚，親手築就了與兒童之間的鴻溝，即便大思想家也沒能免俗。表面上，作者對東西方體罰兒童的歷史各打五十大板，實際上卻在比較中自有褒貶：西方只在一段時期內把兒童看做「小野蠻」，而中國則從來都只將人當魔鬼看，這才出現了種種對人的價值的漠視。就這樣，周作人把談兒童的話題又歸了他最關心的「人」的命題上去。

近來隨便讀斯替文生（R. L. Stevenson）[1]的論文《兒童的遊戲》，首節說兒時的過去未必怎麼可惜，因為長大了也有好處，譬如不必再上學校了，即使另外須得工作，也是一樣的苦工，但總之無須天天再怕被責罰，就是極大的便宜，我看了不禁微笑，心想他老先生（雖然他死時只有四十四歲）小時候大約很打過些手心罷？美國人類學家洛威（R. H. Lowie）在所著《我們是文明麼》第十七章論教育的一章內說，「直到近時為止，歐洲的小學教師常用皮鞭打七歲的小兒，以致終身帶着傷痕。在十七八世紀，年幼的公侯以至國王都被他們的師傅所兇毆。」譬如亨利第四命令太子的保姆要着實地打他的兒子，因為「世上再沒有別的東西於他更為有益」。太子的被打詳明地記在帳上，例如——

一六〇三年十月九日，八時醒，很不聽話，初次挨打。（附註：太子生於一六〇一年九月二十七日）

一六〇四年三月四日，十一時想吃飯。飯拿來時，命搬出去，又叫拿來。麻煩，被痛打。

到了一六一〇年五月正式即位，卻還不免於被打。王曾曰，「朕寧可不要這些朝拜和恭敬，只要他們不再打朕。」

① 斯替文生，現通譯史蒂文森（1850—1894），蘇格蘭評論家、詩人、小說家。

但是這似乎是不可能的事。羅素的《教育論》第九章論刑罰，開首即云，「在以前直到很近的時代，兒童和少年男女的刑罰認為當然的事，而且一般以為在教育上是必要的。」西洋俗語有云，「省了棍子，壞了孩子」，就是這個意思。據丹麥尼洛普（C. Nyrop）教授的《接吻與其歷史》第五章說：

不但表示恭敬，而且表示改悔，兒童在古時常命在被打過的棍子上親吻。凱撒堡（Geiler von Kaiserberg）在十六世紀時曾這樣說過：兒童被打的時候，他們和棍子親吻，說道：「親愛的棍子，忠實的棍子，沒有你老，我哪能變好。」

他們和棍子親吻，而且從上邊跳過。是的，而且從上邊蹦過。

這個教育上的打，自天子以至於庶人，從上古直到近代，大約是一律通行，毫無疑問的。聽說瓊生博士（Samuel Johnson）很稱讚一個先生，因為從前打他打得透而且多。盧梭小時候被教師的小姐打過幾次屁股，記在《懺悔錄》裏，後來寫《愛彌兒》，提倡自由教育，卻也有時主張要用嚴厲的處置，——我頗懷疑他是根據自己的經驗，或者對於被打者沒有甚麼惡意，也未可知。據羅素說，安諾德博士（即是那個大批評家的先德）對於改革英國教育很有功績。他減少體罰，但仍用於較幼的學生，且以道德的犯罪為限，例如說誑，喝酒，以及習慣的偷懶。有一雜誌說體罰使人墮落，不如全廢，安諾德博士憤然拒絕，回答說：「我很知道這些話的意思，這是根據於個人獨立之傲慢的意見，這是既非合理，也不是基督教的，而是根本地野蠻的思想。」他的意思是要養成青年精神的單純，清醒謙卑，羅素卻批註了一句道，由他訓練出來的學生那麼很自然地相信應該痛打印度人了，在他們缺少謙卑的精神的時候。

我們現在回過來看看中國是怎樣呢？棒頭出孝子這句俗語是大家都曉得的，在父為子綱的中國厲行扑作教刑，原是無疑的事，不過太子和小皇帝是否也同西國的受教訓，那是不明罷了。我只聽說光緒皇帝想逃出宮，被太監攔住，拔住御辮拉了回來，略有點兒相近，至於拉回宮去之後有否痛打仍是未詳。現在暫且把高賢的方面擱起，單就平民的書房來找材料，亦可以見一斑。材料裏最切實可靠的當然是自己的經驗，不過不知怎的，大約因為我是穩健派的緣故罷，雖然從過好幾個先生，卻不曾被打過一下，所以沒有甚麼可說，那麼自然只能去找間接的，也就是次等的材料了。

普通在私塾的憲法上規定的官刑計有兩種。一是打頭，一是打手心。有些考究的先生有兩塊戒方，即刑具，各長尺許，寬約一寸，一薄一厚。厚的約可五分，用以敲頭，在書背不出的時候，落在頭角上，嘣然一聲，可以振動遲鈍的腦筋，發生速力，似專作提撕之用，不必以刑罰論。薄的一塊則性質似乎官廳之杖，以扑犯人之掌，因板厚僅二三分，故其聲清脆可聽。通例，犯小罪，則扑十下，每手各五，重者遞加。我的那位先生是通達的人，那兩塊戒尺是紫檀的，處罰也很寬，但是別的塾師便大抵只有一塊毛竹的板子，而且有些兇殘好殺的也特別打得厲害，或以桌角抵住手背，以左手提其指力向後拗，令手心突出而拼命打之。此外還有類似非刑的責法，如跪錢板或螺螄殼上等皆是。傳聞曾祖輩中有人，因學生背書不熟，以其耳夾門縫中，推門使闔，又一叔輩用竹枝鞭學生血出，取擦牙鹽塗其上，結果二人皆被辭退。此則塾師內的酷吏傳的人物，在現今青天白日的中國總未必再會有的罷。

可是，這個我也不大能夠擔保。我不知道現在社會上的一切體罰是否都已廢止？笞杖枷號的確久已不見了，但是此外偵查審問時的拷打，就是所謂「做」呢？這個我不知道。普通總是官廳裏的苦刑先廢，其次才是學校，至於家庭恐怕是在最後，——而且也不知到底廢得成否，特別是這永久「倫理化」的民國。在西洋有一個時候把兒童當作小魔鬼，種種的想法克服他，中國則自古至今將人都作魔鬼看，不知鬧到何時才肯罷休。我回想斯替文生的話，覺得他真舒服極了。因為他不去上學校之後總可以無須天天再怕被責罰了。

十九年五月

志摩紀念

導讀

本文發表於 1932 年 8 月 1 日的《新月》，後收入《看雲集》。這是一篇紀念亡友徐志摩的文章。如何表現生離死別這樣強烈的情感，周作人有自己的一套觀念：他認為真正「至歡極悲」的情感是寫不出來的，而那種寫得出來的文章大多是可有可無的。他心目中理想的文章境界是禪：「是個不立文字，以心傳心的境界」。因此，我們在文章開篇，能讀到周作人寫在徐志摩詩作《猛虎集》上的幾行文字，透露的是他與志摩的最後一次見面與談話。志摩説話的口吻聲調彷彿就在眼前，但轉瞬之間便永遠雲遊去了，只留下友朋面對他的精妙文章發出「人琴俱亡」的歎息。這樣的敍述很像是《世説新語》中的某個故事，而周作人就是要用這種帶有魏晉風度的講述，以輕靈的態度暗示出對這位才華橫溢的朋友英年早逝的痛惜。

接下來，對現代作品的評斷往往具有一錘定音效果的周作人，高度評價了老友在中國新詩與現代散文等方面的成績，而實際上後世文學史在追述徐志摩的貢獻時經常要借用的也是周作人這幾句經典的評説。

談完了文章，再談為人。周作人特別欣賞志摩的誠實。有感於社會上充斥着説誑的風氣，作者忍不住要幫老友辯護幾句，而他的立論點，則是一貫的對於假道學的反感。假道學家們彷彿自己潔白如鴿子，站在一種道德的至高點上對世人進行裁判，但實際上自身往往言行不符。而像志摩這樣有缺點但誠實的凡人要比心口不一的所謂「君子們」可愛得多。

附廢名：《知堂先生》（節選）

我常記得當初在《新月》雜誌讀了他的《志摩紀念》一文，歡喜慨歎，…… 無意間流露出來的這一句歎息之聲，其所表現的人生之情與禮，在我直是讀了一篇壽世的文章。他同死者生平的交誼不是抒情的，而生死之間，至情乃為盡禮。

面前書桌上放着九冊新舊的書，這就是志摩的創作，有詩，文，小說，戲劇，——有些是舊有的，有些給小孩們拿去看丟了，重新買來的。《猛虎集》是全新的，襯頁上寫了這幾行字：「志摩飛往南京的前一天，在景山東大街遇見，他說還沒有送你《猛虎集》，今天從志摩的追悼會出來，在景山書社買得此書。」

志摩死了，現在展對遺書，就只感到古人的人琴俱亡這一句話，別的沒有甚麼可說。志摩死了，這樣精妙的文章再也沒有人能做了。但是，這幾冊書遺留在世間，志摩在文學上的功績也仍長久存在。中國新詩已有十五六年的歷史，可是大家都不大努力，更缺少鍥而不捨地繼續努力的人，在這中間志摩要算是唯一的忠實同志，他前後苦心地創辦詩刊，助成新詩的生長，這個勞績是很可紀念的，他自己又孜孜矻矻[1]地從事於創作，自《志摩的詩》以至《猛虎集》，進步很是顯然，便是像我這樣外行也覺得這是顯然。散文方面志摩的成就也並不小。據我個人的愚見，中國散文中現有幾派：適之、仲甫一派的文章清新明白，長於說理講學，好像西瓜之有口皆甜；平伯、廢名一派澀如青果[2]；志摩可以與冰心女士歸在一派，彷彿是鴨兒梨的樣子，流麗輕脆，在白話

---

① 孜孜矻（kū）矻，勤勞不懈的樣子。

② 適之即胡適（1891—1962），現代著名學者、詩人、歷史學家、文學家、哲學家；仲甫即陳獨秀（1879—1942），中國無產階級思想家、革命家、中國共產黨的主要創建者之一；平伯即俞平伯（1900—1990），現代詩人、作家、紅學家。

的基本上加入古文方言歐化種種成分，使引車賣漿之徒的話進而為一種富有表現力的文章，這就是單從文體變遷上講也是很大的一個貢獻了。志摩的詩，文，以及小說、戲劇在新文學上的位置與價值，將來自有公正的文學史家會來精查公佈，我這裏只是籠統地回顧一下，覺得他半生的成績已經很夠不朽，而在這壯年，尤其是在這藝術地「復活」的時期中途凋喪，更是中國文學的一大損失了。

但是，我們對於志摩之死所更覺得可惜的是人的損失。文學的損失是公的，公攤了時個人所受到的只是一份，人的損失卻是私的，就是分擔也總是人數不會太多而分量也就較重了。照交情來講，我與志摩不算頂深，過從不密切，所以留在記憶上想起來時可以引動悲酸的情感的材料也不很多，但即使如此，我對於志摩的人的悼惜也並不少。的確如適之所說，志摩這人很可愛，他有他的主張，有他的派路，或者也許有他的小毛病，但是他的態度和說話總是和藹真率，令人覺得可親近，凡是見過志摩幾面的人，差不多都受到這種感化，引起一種好感，就是有些小毛病小缺點也好像臉上某處的一顆小黑痣，也是造成好感的一小小部分，只令人微笑點頭，並沒有嫌憎之感。有人戲稱志摩為詩哲，或者笑他的戴印度帽，實在這些戲弄裏都仍含有好意的成分，有如老同窗要舉發從前吃戒尺的逸事，就是有派別的作家加以攻擊，我相信這所以招致如此怨恨者也只是志摩的階級之故，而決不是他的個人。適之又說志摩是誠實的理想主義者，這個我也同意，而且覺得志摩因此更是可尊了。這個年頭兒，別的甚麼都有，只是誠實卻早已找不到，便是爪哇國裏恐怕也不會有了罷，志摩卻還保守着他天真爛漫的誠實，可以說是世所希有[3]的奇人了。我們平常看書看雜誌報章，第一感到不舒服的是那偉大的說誑，上自國家大事，下至社會瑣聞，不是恬然地顛倒黑白，便是無誠意地弄筆頭，其實大家也各自知道是怎麼一回事，自己未必相信，也未必望別人相信，只覺得非這樣地說不可。知識階級的人挑着一副擔子，前面是一筐子馬克思，後面一口袋尼采，也是數見不鮮的事。在這時候有一兩個人能夠誠實不欺地在言行上表現出來，無論這是哪一種主張，總是很值得我們的尊重的了。關於志摩的私德，適之有代為辯明的地方，我覺得這並不成甚麼問題。為愛惜私人名譽起見，辯明也可以說是朋友的義務，若是從藝術方面看去這似乎無關重要。詩人文人這些人，雖然與專做好吃的包子的廚子、雕好看的石像的匠人略有不同，但總之小德逾閒與否於其藝術沒有多少關係，這是我想可以明言的。不過這也有例外，假如是文以載道派的藝術家，以教訓指導我們大眾自任，以先知哲人自任的，我們在同樣謙恭地接受他的藝術以前，先要切實地檢察他的生活，若是言行不符，那便是假先知，須得謹防上他的當。現今中國的先知有幾個禁得起這種檢察的呢，這我可不得而知了。這或者是我個人的偏見亦未可知，但截至現在我還沒有找到覺得更對的意見，所以對於志摩的事也就只得仍是這樣地看下去了。

志摩死後已是二十幾天了，我早想寫小文紀念他，可

③ 希有，同「稀有」。

是這從哪裏去着筆呢？我相信寫得出的文章大抵都是可有可無的，真的深切的感情只有聲音，顏色，姿勢，或者可以表出十分之一二，到了言語便有點兒可疑，何況又到了文字。文章的理想境我想應該是禪，是個不立文字，以心傳心的境界，有如世尊拈花，迦葉微笑，或者一聲「且道」，如棒敲頭，夯地一下頓然明瞭，才是正理，此外都不是路。我們回想自己最深密的經驗，如戀愛和死生之至歡極悲，自己以外只有天知道，何曾能夠於金石竹帛上留下一絲痕跡，即使呻吟作苦，勉強寫下一聯半節，也只是普通的哀辭和定情詩之流，那裏道得出一分苦甘，只看汗牛充棟的集子裏多是這樣物事，可知除聖人天才之外誰都難逃此難。我只能寫可有可無的文章，而紀念亡友又不是可以用這種文章來敷衍的，而紀念刊的收稿期限又迫切了，不得已還只得寫，結果還只能寫出一篇可有可無的文章，這使我不得不重又歎息。這篇小文的次序和內容差不多是套適之在追悼會所發表的演辭的，不過我的話說得很是素樸粗笨，想起志摩平素是愛說老實話的，那麼我這種老實的說法或者是志摩的最好紀念亦未可知，至於別的一無足取也就沒有甚麼關係了。

民國二十年十二月十三日　於北京

《論語》小記

導讀

本文發表於 1935 年 1 月 10 日的《水星》，後收入《苦茶隨筆》。五四時期新文化人曾提出「打倒孔家店」，三十年代中期卻又喊出「讀經」救國論。作為接受過傳統教育的五四知識分子，周作人此時再來重讀《論語》，與複雜變動着的時代思潮顯然有着微妙的呼應。

周作人用「平淡無奇」來概括此番重讀《論語》的感受，但這樣是為了打破對「儒教聖書」的迷信；他同時又肯定《論語》中有很多「好思想」，因其講了很多做人處世的道理，但如果將其拔高到治國平天下的大道理上就太虛幻了，若只是給「常識完具」的青年作參考，則完全可以一讀。破除了這層千百年揮之不去的迷霧之後，周作人開始尋覓《論語》中的有趣之處，從平實的篇章中咀嚼「詩趣」，尤其是那些最能體現個人面目與性情的段落，無論是孔子、子路，還是荷蓧丈人，都個性十足，從文字間呼之欲出。

曾有論者將周作人比做陶淵明，不難發現，二者確有某些類似之處，如周作人坦言很喜歡《論語》中的隱逸者。他更進一步指出：無論是入世的孔子還是出世的隱者，在本質上都是相同的，只是認清了社會混濁之後的態度有異：一個還要為，一個不想再為。因此《論語》中的這兩種人倒是惺惺相惜的。讀《論語》而讀出了隱者的曲折心情，不僅印證了個人在取捨經典之間往往顯現的是自身面貌，同時又可以說是隱居在苦雨齋的周作人的內心寫照。

近來拿出《論語》來讀，這或者由於聽見南方讀經之喊聲甚高的緣故，或者不是，都難説。我是讀過四書五經的，至少《大》、《中》、《論》、《孟》、《易》、《書》、《詩》這幾部都曾經背誦過，前後總有八年天天與聖經賢傳為伍，現今來清算一下，到底於我有甚麼好處呢？這個我恐怕要使得熱誠的儒教徒聽了失望，實在沒有甚麼。現在只説《論語》。

我把《論語》白文重讀一遍，所得的印象只是平淡無奇四字。這四個字好像是一個盾，有他的兩面，一面凸的是切實，一面凹的是空虛。我覺得在《論語》裏孔子壓根兒只是個哲人，不是全知全能的教主，雖然後世的儒教徒要奉他做祖師，我總以為他不是耶穌而是梭格拉底[①]之流亞。《論語》二十篇所説多是做人處世的道理，不談鬼神，不談靈魂，不言性與天道，所以是切實，但是這裏有好思想也是屬於持身接物的，可以供後人的取法，卻不能定作天經地義的教條，更沒有甚麼政治哲學的精義，可以治國平天下，假如從這邊去看，那麼正是空虛了。平淡無奇，我憑了這個覺得《論語》仍可一讀，足供常識完具的青年之參考，至於以為聖書則可不必，太陽底下本無聖書，非我之單看不起《論語》也。

一部《論語》中有好些話都説得很好，我所喜歡的是這

① 梭格拉底，現通譯蘇格拉底（公元前 469—公元前 399），古希臘哲學家。

幾節，其一是《為政》第二的一章：

子曰：「由，誨汝知之乎，知之為知之，不知為不知，是知也。」

其二是《陽貨》第十七的一章：

子曰：「予欲無言。」子貢曰：「子如不言，則小子何述焉？」子曰：「天何言哉，四時行焉，百物生焉，天何言哉。」

太炎先生《廣論語駢枝》引《釋文》，魯讀天為夫，「言夫者即斥四時行百物生為言，不設主宰，義似更遠。」無論如何，這一章的意思我總覺得是很好的。又《公冶長》第五云：

顏淵季路侍，子曰：「盍各言爾志。」子路曰：「願車馬衣輕裘，與朋友共，敝之而無憾。」顏淵曰：「願無伐善，無施勞。」子路曰：「願聞子之志。」子曰：「老者安之，朋友信之，少者懷之。」

我喜歡這一章，與其說是因為思想還不如說因為它的境界好。師弟三人閒居述志，並不像後來文人的說大話，動不動就是攬轡澄清，現在卻只是老老實實地說說自己的願望，雖有大小廣狹之不同，其志在博施濟眾則無異，而說得那麼質素，又各有分寸，恰如其人，此正是妙文也。我以為此一章可以見孔門的真氣象，至為難得，如《先進》末篇子路、曾皙、冉有、公西華侍坐那一章便不能及。此外有兩章，我讀了覺得頗有詩趣，其一《述而》第七云：

子曰：「飯疏食飲水，曲肱而枕之，樂亦在其中矣。不義而富且貴，於我如浮雲。」

其二《子罕》第九云：

子在川上曰：「逝者如斯夫，不舍晝夜。」

本來這種文章如《莊子》等別的書裏，並不算希奇，但是在《論語》中卻不可多得了。朱注已忘記，大家說他此段注得好，但其中彷彿說甚麼道體之本然，這個我就不懂，所以不敢恭維了。《微子》第十八中又有一章很特別的文章云：

大師摯適齊，亞飯干適楚，三飯繚適蔡，四飯缺適秦，鼓方叔入於河，播鼗武入於漢，少師陽、擊磬襄入於海。②

不曉得為甚麼緣故，我在小時候讀《論語》讀到這一

② 這段話的大致含義是敍述國家禮崩樂壞、各種人才都離開後的慘淡之狀。

章，很感到一種悲涼之氣，彷彿是大觀園末期，賈母死後，一班女人都風流雲散了的樣子。這回重讀，仍舊有那麼樣的一種印象，我前後讀《論語》相去將有四十年之譜，當初的印象保存到現在的大約就只這一點了罷。其次那時我所感到興趣的記隱逸的那幾節，如《憲問》第十四云：

子路宿於石門。晨門曰：「奚曰？」子路曰：「自孔氏。」曰：「是知其不可而為之者與。」

子擊磬於衛。有荷蕢而過孔氏之門者，曰：「有心哉，擊磬乎！」既而曰：「鄙哉，硜硜乎，莫己知也，斯己而已矣。深則厲，淺則揭。」子曰：「果哉，末之難矣。」

又《微子》第十八云：

楚狂接輿歌而過孔子之門，曰：「鳳兮鳳兮，何德之衰。往者不可諫，來者猶可追。已而已而，今之從政者殆而。」孔子下，欲與之言。趨而避之，不得與之言。

長沮桀溺耦而耕。孔子過之，使子路問津焉。長沮曰：「夫執輿者為誰？」子路曰：「為孔丘。」曰：「是魯孔丘與？」曰：「是也。」曰：「是知津矣。」問於桀溺，桀溺曰：「子為誰？」曰：「為仲由。」曰：「是魯孔丘之徒與？」對曰：「然。」曰：「滔滔者天下皆是也，而誰以易之，且而與其從辟人之士，豈若從辟世之士哉。」耰而不輟。子路行以告，夫子憮然曰：「鳥獸不可與同羣，吾非斯人之徒與而誰與，天下有道，丘不與易也。」

子路從而後，遇丈人以杖荷蓧，子路問曰：「子見夫子乎？」丈人曰：「四體不勤，五穀不分，孰為夫子？」植其杖而芸。子路拱而立。止子路宿，殺雞為黍而食之，見其二子焉。明日子路行以告，子曰：「隱者也。」使子路反見之，至，則行矣。子路曰：「不仕無義。長幼之節，不可廢也，君臣之義，如之何其廢之？欲潔其身而亂大倫。君子之仕也，行其義也，道之不行也，已知之矣。」

在這幾節裏我覺得末了一節頂好玩，把子路寫得很可笑。遇見丈人，便脱頭脱腦地問他有沒有看見我的老師，難怪碰了一鼻子灰，於是忽然十分恭敬起來，站了足足半天之後，跟了去寄宿一夜。第二天奉了老師的命再去看，丈人已經走了，大約是往田裏去了吧，未必便搬家躲過，子路卻在他的空屋裏大發其牢騷，彷佛是戲台上的獨白，更有點兒滑稽，令人想起夫子的「由也嗲」這句話來。所説的話也誇張無實，大約是子路自己想的，不像孔子所教，下一章裏孔子品評夷齊等一班人，「謂虞仲夷逸隱居放言，身中清，發中權」[③]，雖然後邊説我則異於是，對於他們隱居放言的人別無責備的意思，子路卻説欲潔其身而亂大倫，何等言重，幾乎有孟子與人爭辯時的口氣了。孔子自己對他們卻頗客氣，與接輿周旋一節最可看，一個下堂欲與之言，一個趨避不得與之言，一個狂，一個中，都可佩服，而文章也寫得恰好，長

③ 孔子對伯夷、叔齊等隱者評價很高。

沮桀溺一章則其次也。

我對於這些隱者向來覺得喜歡，現在也仍是這樣，他們所說的話大抵都不錯。桀溺曰：「滔滔者天下皆是也，而誰以易之。」最能說出自家的態度。晨門曰：「是知其不可而為之者。」最能說出孔子的態度。說到底，二者還是一個源流，因為都知道不可，不過一個還要為，一個不想再為罷了。周朝以後一千年，只出過兩個人，似乎可以代表這兩派，即諸葛孔明與陶淵明，而人家多把他們看錯作一姓的忠臣，令人悶損。中國的隱逸都是社會或政治的，他有一肚子理想，卻看得社會混濁無可實施，便只安分去做個農工，不再來多管，見了那知其不可而為之的人，卻是所謂惺惺惜惺惺，好漢惜好漢，想了方法要留住他。看上面各人的言動雖然冷熱不同，全都是好意，毫沒有「道不同不相與謀」的意味，孔子的應付也是如此，這是頗有意思的事。外國的隱逸是宗教的，這與中國的截不相同，他們獨居沙漠中，絕食苦禱，或牛皮裹身，或革帶鞭背，但其目的在於救濟靈魂，得遂永生，故其熱狂實在與在都市中指揮君民焚燒異端之大主教無以異也。二者相比，似積極與消極大有高下，我卻並不一定這樣想。對於自救靈魂我不敢贊一辭，若是不惜用強硬手段要去救人家的靈魂，那大可不必，反不如去荷蕢植杖之無害於人了。我從小讀《論語》，現在得到的結果除中庸思想外乃是一點對於隱者的同情，這恐怕也是出於讀經救國論者「意表之外」的罷？

二十三年十二月

北平的春天

導讀

本文發表於 1936 年 3 月 16 日的《宇宙風》，後收入《風雨談》。雖然以「北平的春天」為題，但在作者心間，故鄉紹興的春天才是真正的春天。為了講述這番春天經驗的形成，周作人從少年時代的日記中抄出了一些段落：有在江南水師學堂求學時的詩作，也有記錄掃墓情景的短文。當然，文比詩寫得有意思得多，作者似乎很早便顯示出後來寫散文的才氣。

在紹興水鄉度過了少年時代，作者早已把水氣視作春天的必要背景，北平卻正好缺了這種必不可少的悦樂成分，於是春光打了折扣。與此同時，作者也在北平居住了多年，古都四季的節奏韻律早已熟習。作為讀書寫字的人，周作人認為北平的冬天最為可愛。屋子裏不苦寒，可以像平常一樣每日功課。隨着年齡的增長、環境的變化，昔日的春遊少年已然變為書齋中的淵博作者，這聽上去好像不那麼有趣，但作者自己認為冬讀可以替代春遊之樂，也算是找到了離開生命原點之後的補償形態。但生活方式的選擇與審美經驗的形成仍然是兩回事：春天總是故鄉的好，寫一篇北平的春天，是通過凝視眼前的城市，鈎沉那些煙波微茫的舊時情思。原來美的歷程總是早早地在少年時代已經開啟，即使隔着許多時空，也已決定一個人漫漫人生途中的體悟模式。

北平的春天似乎已經開始了，雖然我還不大覺得。立春已過了十天，現在是七九六十三的起頭了，布衲攤在兩肩，窮人該有欣欣向榮之意。光緒甲辰即一九〇四年小除那時我在江南水師學堂曾作一詩云：

一年倏就除，風物何淒緊。
百歲良悠悠，白日催人盡。
既不為大椿，便應如朝菌。
一死息羣生，何處問靈蠢。

但是第二天除夕我又作了這樣一首云：

東風三月煙花好，涼意千山雲樹幽。
冬最無情今歸去，明朝又得及春遊。

這詩是一樣的不成東西，不過可以表示我總是很愛春天的。春天有甚麼好呢，要講他的力量及其道德的意義，最好去查盲詩人愛羅先珂的抒情詩的演說，那篇世界語原稿是由我筆錄，譯本也是我寫的，所以約略都還記得，但是這裏謄錄自然也更可不必了。春天的是官能的美，是要去直接領略的，關門歌頌一無是處，所以這裏抽象的話暫且割愛。

且說我自己的關於春的經驗，都是與遊有相關的。古人雖說以鳥鳴春，但我覺得還是在別方面更感到春的印象，即是水與花木。迂闊的說一句，或者這正是活物的根本的緣故罷。小時候，在春天總有些出遊的機會，掃墓與香市是主要的兩件事，而通行只有水路，所在又多是山上野外，那麼這水與花木自然就不會缺少的。香市是公眾的行事，禹廟南鎮香爐峯為其代表，掃墓是私家的，會稽的烏石頭調馬場等地方至今在我的記憶中還是一種代表的春景。庚子年三月十六日的日記云：

晨坐船出東郭門，挽纖行十里，至繞門山，今稱東湖，為陶心雲先生所創修，堤計長二百丈，皆植千葉桃垂柳及女貞子各樹，遊人頗多。又三十里至富盛埠，乘兜轎過市行三里許，越嶺，約千餘級。山上映山紅牛郎花甚多，又有蕉藤數株，着花蔚藍色，狀如豆花，結實即刀豆也，可入藥。路旁皆竹林，竹萌之出土者粗於碗口而長僅二三寸，頗為可觀。忽聞有聲如雞鳴，閣閣然，山谷皆響，問之轎夫，云係雉雞叫也。又二里許過一溪，闊數丈，水沒及骭[1]，舁者亂流而渡，水中圓石顆顆，大如鵝卵，整潔可喜。行一二里至墓所，松柏夾道，頗稱閎壯。方祭時，小雨簌簌落衣袂間，幸即晴霽。下山午餐，下午開船。將進城門，忽天色如墨，雷電並作，大雨傾注，至家不息。

舊事重提，本來沒有多大意思，這裏只是舉個例子，説明我春遊的觀念而已。我們本是水鄉的居民，平常對於水不覺得怎麼新奇，要去臨流賞玩一番，可是生平與水太相習

① 骭（gàn），小腿。

了，自有一種情分，彷彿覺得生活的美與悅樂之背景裏都有水在，由水而生的草木次之，禽蟲又次之。我非不喜歡禽蟲，但牠總離不了草木，不但是吃食，也實是必要的寄託，蓋即使以鳥鳴春，這鳴也得在枝頭或草原上才好，若是雕籠金鎖，無論怎樣的鳴得起勁，總使人聽了索然興盡也。

話休煩絮。到底北平的春天怎麼樣了呢。老實說，我住在北京和北平已將二十年，不可謂不久矣，對於春遊卻並無甚麼經驗。妙峯山雖熱鬧，尚無暇瞻仰，清明郊遊只有野哭可聽耳。北平缺少水氣，使春天減了成色，而氣候變化稍劇，春天似不曾獨立存在，如不算它是夏的頭，亦不妨稱為冬的尾，總之風和日暖讓我們着了單袷可以隨意徜徉的時候真是極少，剛覺得不冷就要熱了起來了。不過這春的季候自然還是有的。第一，冬之後明明是春，且不說節氣上的立春也已過了。第二，生物的發生當然是春的證據，牛山和尚詩云，春叫貓兒貓叫春，是也。人在春天卻只是懶散，雅人稱曰春睏，這似乎是別一種表示。所以北平到底還是有它的春天，不過太慌張一點了，又欠腴潤一點，叫人有時來不及嚐它的味兒，有時嚐了覺得稍枯燥了，雖然名字還叫作春天，但是實在就把它當作冬的尾，要不然便是夏的頭，反正這兩者在表面上雖差得遠，實際上對於不大承認它是春天原是一樣的。

我倒還是愛北平的冬天。春天總是故鄉的有意思。雖然這是三四十年前的事，現在怎麼樣我不知道。至於冬天，就是三四十年前的故鄉的冬天我也不喜歡：那些手腳生凍瘃[②]，半夜裏醒過來像是懸空掛着似的上下四旁都是冷氣的感覺，很不好受，在北平的紙糊過的屋子裏就不會有的。在屋裏不苦寒，冬天便有一種好處，可以讓人家作事：手不僵凍，不必炙硯呵筆，於我們寫文章的人大有利益。北平雖幾乎沒有春天，我並無甚麼不滿意，蓋吾以冬讀代春遊之樂久矣。

廿五年二月十四日

② 瘃（zhú），凍瘡。

結緣豆

導讀

本文發表於1936年10月10日的《談風》，後收入《瓜豆集》。這是一篇由談南北寺廟中「結緣豆」的習俗而轉向談自身創作的散文。其行文有兩個特點：

一是旁徵博引。開篇先摘錄三本典籍中有關「結緣豆」的記載，而在行文中，日本俳句、俄國小說、古典筆記均成為隨意徵引的對象。作者彷彿總能在浩瀚書海中尋到那一兩句極貼切地代我立言的句子，作者曾稱自己讀書成癮，恐怕若不是讀上了癮，也不可能具備這等舉重若輕的功力。

二是趣味性強。文章中仍可剖析出周作人散文中那種以少年味覺體驗勾連成年後思想命題的結構方式，而這種勾連方式往往顯得特別生動可愛。當讀到作者描述他小時候吃過的那種極小的小燒餅時，讀者怕都要為其間的淳樸趣味感染得會心一笑吧。

作者很欣賞佛教中的兩個觀念：業和緣。但前者太沉重了，後者則溫和得多。結緣是為了排遣人生中無法解除的寂寞感。從這個意義上說，寫作的人都是寫給別人看的，其本身便是不甘寂寞的表現：寫作與念佛拈豆在結緣這一點上竟是相通的了。

一旦建立起了這層雖然隱晦卻富有詩意的關聯之後，周作人繼續為他重點要表達的意旨做了精彩發揮。他說自己的文章並非純然「為我」，但也夠不上甚麼「兼愛」的大目的。其實，他在內心深處是極願自己的作品流到後世，也能有今人讀古人佳作時的那份「欣然有同感」的知遇感，以文章來供替煮豆與後世讀者結點緣分。這個目標看起來謙卑，其實極為宏大。20 世紀 30 年代以後周作人開始陷入了自我選擇的困境與來自各方面的批評之中，《結緣豆》一文強調寫作應於結緣之外無復所求，可謂是傳達作者內心孤寂兼婉轉批評文壇現象的重要作品。

附蘇雪林：《周作人先生介紹》（節選）

周作人先生是現代作家中影響我最大的一個人。自從五四運動後我就愛讀他的作品，除了他清澀幽默的作風學不來以外，我對神話童話民俗學等等興趣的特別濃厚，大都是由他啟示的。雖然我對於這幾項學問只能淺嚐，無法去作專門的研究。

范寅《越諺》卷中風俗門云：

結緣，各寺廟佛生日散錢與丐，送餅與人，名此。

敦崇《燕京歲時記》有「捨緣豆」一條云：

四月八日，都人之好善者取青黃豆數升，宣佛號而拈之，拈畢煮熟，散之市人，謂之捨緣豆，預結來世緣也。謹按《日下舊聞考》，京師僧人念佛號者輒以豆記其數，至四月八日佛誕生之辰，煮豆微撒以鹽，邀人於路請食之以為結緣，今尚沿其舊也。

劉玉書《常談》卷一云：

都南北多名剎，春夏之交，士女雲集，寺僧之青頭白面而年少者着鮮衣華履，托朱漆盤，貯五色香花豆，蹀躞[1]於婦女襟袖之間以獻之，名曰結緣，婦女亦多嬉取者。適一僧至少婦前奉之甚殷，婦慨然大言曰，良家婦不願與寺僧結緣。左右皆失笑，羣婦赧然縮手而退。

就上邊所引的話看來，這結緣的風俗在南北都有，雖然情形略有不同。小時候在會稽家中常吃到很小的小燒餅，說

① 蹀躞（dié xiè），往來徘徊的意思。

是結緣分來的，范嘯風所說的餅就是這個。這種小燒餅與「洞裏火燒」的燒餅不同，大約直徑一寸高約五分，餡用椒鹽，以小皋步的為最有名，平常二文錢一個，底有兩個窟窿，結緣用的只有一孔，還要小得多，恐怕還不到一文錢吧。北京用豆，再加上念佛，覺得很有意思，不過二十年來不曾見過有人拿了鹽煮豆沿路邀吃，也不聽說浴佛日寺廟中有此種情事，或者現已廢止亦未可知，至於小燒餅如何，則我因離鄉裏已久不能知道，據我推想或尚在分送，蓋主其事者多係老太婆們，而老太婆者乃是天下之最有閒而富於保守性者也。

結緣的意義何在？大約是從佛教進來以後，中國人很看重緣，有時候還至於說得很有點神祕，幾乎近於命數。如俗語云，有緣千里來相會，無緣對面不相逢。又小說中狐鬼往來，末了必云緣盡矣，乃去。敦禮臣所云預結來世緣，即是此意。其實說得淺淡一點，或更有意思，例如唐伯虎之三笑，才是很好的緣，不必於冥冥中去找紅繩縛腳也。我很喜歡佛教裏的兩個字，曰業曰緣，覺得頗能說明人世間的許多事情，彷佛與遺傳及環境相似，卻更帶一點兒詩意。日本無名氏詩句云：

蟲呵蟲呵，難道你叫着，業便會盡了麼？

這業的觀念太是冷而且沉重，我平常笑禪宗和尚那麼超脫，卻還掛念臘月二十八，覺得生死事大也不必那麼操心，可是聽見知了在樹上喳喳地叫，不禁心裏發沉，真感得這件事恐怕非是涅槃是沒有救的了。緣的意思便比較的温和得多，雖不是三笑那麼圓滿也總是有人情的，即使如庫普林在

《晚間的來客》所說，偶然在路上看見一隻黑眼睛，以至夢想顛倒，究竟逃不出是春叫貓兒貓叫春的圈套，卻也還好玩些。此所以人家雖怕造業而不惜作緣歟？若結緣者又買燒餅煮黃豆，逢人便邀，則更十分積極矣，我覺得很有興趣者蓋以此故也。

為甚麼這樣的要結緣的呢？我想，這或者由於不安於孤寂的緣故吧。富貴子嗣是大眾的願望，不過這都有地方可以去求，如財神送子娘娘等處，然而此外還有一種苦痛卻無法解除，即是上文所說的人生的孤寂。孔子曾說過：「鳥獸不可與同羣，吾非斯人之徒而誰與。」人是喜羣的，但他往往在人羣中感到不可堪的寂寞，有如在廟會時擠在潮水般的人叢裏，特別像是一片樹葉，與一切絕緣而孤立着。念佛號的老公公老婆婆也不會不感到，或者比平常人還要深切吧，想用甚麼儀式來施行祓除，列位莫笑他們這幾顆豆或小燒餅，有點近似小孩們的「辦人家」，實在卻是聖餐的麪包葡萄酒似的一種象徵，很寄存着深重的情意呢。我們的確彼此太缺少緣分，假如可能實有多結之必要，因此我對於那些好善者着實同情，而且大有加入的意思，雖然青頭白面的和尚我與劉青園同樣的討厭，覺得不必與他們去結緣，而朱漆盤中的五色香花豆蓋亦本來不是獻給我輩者也。

我現在去念佛拈豆，這自然是可以不必了，姑且以小文章代之耳。我寫文章，平常自己懷疑，這是為甚麼的：為公乎，為私乎？一時也有點說不上來。錢振鍠《名山小言》卷七有一節云：

文章有為我兼愛之不同。為我者只取我自家明白，雖無第二人解，亦何傷哉，老子古簡，莊生詭誕，皆是也。兼愛者必使我一人之心共喻於天下，語不盡不止，孟子詳明，墨子重複，是也。《論語》多弟子所記，故語意亦簡，孔子誨人不倦，其語必不止此。或怪孔明文采不豔而過於丁寧周至，陳壽以為亮所與言盡眾人凡士云云，要之皆文之近於兼愛者也。詩亦有之，王孟閒適，意取含蓄，樂天諷諭，不妨盡言。②

這一節話說得很好，可是想拿來應用卻不很容易，我自己寫文章是屬於哪一派的呢？說兼愛固然夠不上，為我也未必然，似乎這裏有點兒纏夾，而結緣的豆乃彷彿似之，豈不奇哉。寫文章本來是為自己，但他同時要一個看的對手，這就不能完全與人無關係，蓋寫文章即是不甘寂寞，無論怎樣寫得難懂意識裏也總期待有第二人讀，不過對於他沒有過大的要求，即不必要他來做嘍囉③而已。煮豆微撒以鹽而給人吃之，豈必要索厚賞，來生以百豆報我，但只願有此微末情分，相見時好生看待，不至倀倀來去耳。古人往矣，身後名亦復何足道，唯留存二三佳作，使今人讀之欣然有同感，斯已足矣，今人之所能留贈後人者亦止此，此均是豆也。幾顆豆豆，吃過忘記未為不可，能略為記得，無論轉化作何形

② 這段話的大致意思是，文章因寫作目的的不同，呈現的風格也會不同。

③ 嘍囉，舊時稱強盜頭目的部下，現多比喻追隨惡人的人。

狀，都是好的，我想這恐怕是文藝的一點效力，他只是結點緣罷了。我卻覺得很是滿足，此外不能有所希求，而且過此也就有點不大妥當，假如想以文藝為手段去達別的目的，那又是和尚之流矣，夫求女人的愛亦自有道，何為捨正路而不由，乃托一盤豆以圖之，此則深為不佞[④]所不能贊同者耳。

二十五年九月八日　北平

④　不佞，古時對自己的謙稱。

談教小學生

導讀

本文發表於 1936 年 12 月 6 日的《世界日報》。周作人認為小學生的教育極為重要，他開篇開了個玩笑：很僥倖自己不是小學教員，只需教些較大的學生，這樣責任彷彿就輕多了。這其實是在以幽默的方式強調小學教師責任重大。

要在孩子們如同一張白紙的頭腦中描繪出人生的顏色，非有極高尚的道德與極高明的智慧無法完成。然而當時的社會事實卻彷彿總給教員們出難題：辛辛苦苦向孩子們講了許多高尚的思想，卻禁不起一件社會新聞把這理想擊碎。

然而，究竟是課堂上講的道理正確還是社會上發生的事件合理？究竟是讓孩子們認準道理，從而「以誠而逆」呢，還是讓孩子們拋棄道理，從而「以偽而順」呢？這不單單是擺到教育者面前的課題，更是由教育這扇窗口透視社會，進而拷問種種不合理現象的尖銳的社會話題。

從這一角度看，周作人再次提出小學教員的工作關乎國家前途與青年未來，從教育者的良知角度，既不忍見到受教育對象堅持道理從而四處碰壁，又不能讓受教育對象變得偽善乃至真惡，並美其名曰「適應社會」。究竟該何去何從，恐怕只有從根本上改造當時不合理的社會，讓其變得表裏如一起來，教育才有了依託之根本。

我真真覺得僥倖，沒有做小學教員。教着較大的學生，心裏便可能假設他們的思想反正都已經確定了，好歹與我沒有多少關係，也就可以少負責任。對於小學生則不能如此，這一張白紙上染上甚麼顏色去，教員是不能不負責任的。

可是，我們有甚麼力量能夠把他教好呢？儘有高尚的思想，在教室中教了十日，卻禁不住社會上的一件事實，不但把它打得粉碎，而且還可以引導他到正反對的方面去。古人云，「竊鉤者誅，竊國者侯。」這種矛盾的事情古今中外沒有改變，假如遇見小孩追問，簡直沒法應付。要說這是不對的呢，合於道理而違反事實，是教兒童以誠而逆也。說是對的，合於事實而違反道理，是教兒童以偽而順也。

我看義人口中的文化與公理，日本報上的王道與和平，亦常不禁肌膚起慄，又代為設想不知何以教其兒童，其結果豈非亦是一大堆的謊語乎。不佞因此得到一個結論，凡道德家必被世間指為不道德，而欲免被世間指為不道德，則至少必須是假道學家，即使不至於諂媚也總須得順從耳。教誨青年使懂道理有道德，即不啻強迫他去到處碰壁，困頓一世，如欲叫他得意，便似乎非教他能偽善以至真惡不可。有指導青年之職者何去何從，真是困難煞人，而講到底則二者的結果都是「誤人子弟」，有如一樣的把人淹死了，不過一個是投入清流，一個是送進毛廁坑去而已。

我替小學教員諸君設想，實是萬分同情，他們不但食少事繁，還有這樣的難問題要對付，而其事之影響於全國青年與民族的前途乃又非常重大也。

《書房一角》原序

導讀

本文作於 1940 年 2 月 26 日，收入《書房一角》。1921 年，周作人寫了一篇短小而有名的《美文》，其中講到古文中有一類「序、記與說等」，可以歸入美文的範疇，但新文學的作者們卻嘗試得不多。統觀周作人散文，會發現序、跋、小引、記等佔據了一定比例。從他早年的提倡來看，這類文章的寫作是有意為之的文體實驗。

本文以序言形式自敍寫作經歷、讀書趣味。文章仍以玩笑話開頭，說書齋不可給人家看見，因為怕被看去了心思，但自己卻只能在一間堆書的房子裏會客，所有的書都在客人的目光下一覽無餘，未免有些惶恐。

周作人讀書範圍很廣，用他自己的話來說是「讀書甚雜」，「喜歡知道動物生活，兩性關係，原始文明，道德變遷這些閒事」。他把這種愛好形容得很謙卑：說是拿「舊書當紙煙消遣」。這種說法看似平淡，但仔細思量，會發現真正做到有難度，因為這需要一種最純粹的求知心態。而所謂「閒事」，其實正貫徹了他自五四以來持續關注的話題。

周作人自 1932 年以後多寫看書偶記，講自己所讀的書，這樣等於是把書房的一角公開在世人面前。而他最愛讀的並且讀得最多的則是舊筆記，《書房一角》中所收的讀書錄也以中國舊書為主。周作人比較自信地認為自己對本國的思想與文章還知道一點，而這種雜覽之力是不可忽視的。

從前有人説過，自己的書齋不可給人家看見，因為這是危險的事，怕被看去了自己的心思。這話是頗有幾分道理的，一個人做文章，説好聽話，都並不難，只一看他所讀的書，至少便掂出一點斤兩來了。我自己很不湊巧，既無書齋，亦無客廳，平常只可在一間堆書的房子裏，放了幾把椅子，接見來客，有時自己覺得像是小市的舊書攤的掌櫃，未免有點惶恐。本來客人不多，大抵只是極熟的幾個朋友，但亦不無例外，有些熟人介紹同來的，自然不能不見。《儒林外史》裏高翰林説馬純上雜覽，我的雜覽過於馬君，不行自不待言，例如性的心理，恐怕至今還有許多正統派聽了要搖頭，於我卻極有關係，我覺得這是一部道德的書，其力量過於多少冊的性理，使我稍有覺悟，立定平常而真實的人生觀。可是，偶然女客枉顧，特別是女作家，我看對她的玻璃書櫥中立着奧國醫師鮑耶爾的著書，名曰《女人你是甚麼》，便也覺得有點失敗了，生怕客人或者要不喜歡。這時候，我就深信前人的話不錯，書房的確不該開放，雖然這裏我所顧慮的別人的不高興，並不是為了自己出醜之故，因為在這一點我是向來不大介意的。

我寫文章，始於光緒乙巳，於今已有三十六年了。這個期間可以分做三節，其一是乙巳至民國十年頃，多翻譯外國作品，其二是民國十一年以後，寫批評文章，其三是民國廿一年以後，只寫隨筆，或稱讀書錄，我則云看書偶記，似更簡明的當[①]。古人云，「禍從口出」，我寫文章向來有不利，

① 的當，同「得當」。

但這第三期為尤甚，因為在這裏差不多都講自己所讀的書，把書房的一角公開給人家看了。可是這有甚麼辦法呢。我的理想只是那麼平常而真實的人生，凡是熱狂的與虛華的，無論善或是惡，皆為我所不喜歡，又凡有主張議論，假如覺得自己不想去做，或是不預備講給自己子女聽的，也決不隨便寫出來公之於世，那麼其結果自然只能是老老實實的自白，雖然如章實齋所說，自具枷杖供狀，被人看出破綻，也實在是沒有法子。其實這些文章不寫也可以，本來於自己大抵是無益有損的，現在卻還是寫下去，難道真是有癮，像打馬將②似的麼？

這未必然，近幾年來只以舊書當紙煙消遣，此外無他嗜好，隨時寫些小文，多少還是希望有用。去年在一篇文章的末尾曾說過，深信此種東西於學子有益，故聊復饒舌，若是為個人計，最好還是裝痴聾下去，何苦費了工夫與心思來報告自己所讀何書乎。我說過文學無用，蓋文學是說藝術的著作，用乃是政治的宣傳或道德的教訓，若是我們寫文章，只是以筆代舌，一篇寫在紙上的尋常說話而已，不可有作用，卻不可無意思，雖未必能真有好處，亦總當如是想，否則浪費紙墨何為，誠不如去及時放風箏之為越矣。

不佞讀書甚雜，大抵以想知道平凡的人道為中心，這些雜覽多不過是敲門之磚，但是對於各個的磚也常有些愛著，因此我所說的話就也多趨於雜，不大有文章能表出我的中心

② 馬將，同「麻將」。

的意見。我喜歡知道動物生活，兩性關係，原始文明，道德變遷這些閒事，覺得青年們如懂得些也是好事情，有點工夫便來拉扯的說一點，關於我所感覺興趣的學問方面都稍說及，只有醫學史這一項，雖然我很有偏好，英國勝家與日本富士川的書十年來總是放在座右，卻不曾有機會讓我作一兩回文抄公，現在想起來還覺得十分可惜。

近來三四年久不買外國書了，一天十小時閒臥看書，都是木板線裝本，紙墨敝惡，內容亦多是不登大雅之堂的，偶然寫篇文章，自然也只是關於這種舊書的了。這是書房的另一角，恐怕比從前要顯得更寒傖了罷。這當然是的，卻是未必全是。以前所寫較長一點，內容乃是點滴零碎的，現在文章更瑣屑了，往往寫不到五六百字，但我想或者有時說的更簡要亦未可知，因為這裏所說都是中國事情，自己覺得別無所知，對於本國的思想與文章總想知道，或者也還能知道少許，假如這少許又能多少借了雜覽之力，有點他自己的根本，那麼這就是最大的幸運了。

書房本來沒有幾個角落，逐漸拿來披露，除了醫學史部分外，似乎也太缺遠慮，不過我想這樣的暴露還是心口如一，比起前代老儒在《四書章句》底下放着一冊《金瓶梅》，給學徒看破，總要好一點，蓋《金瓶梅》與《四書章句》一樣的都看過，但不曾把誰隱藏在誰的底下也。

廿九年二月廿六日

夢想之一

導讀

本文發表於 1944 年 2 月 5 日，後收入《苦口甘口》。這是一篇談夢想的文章，20 世紀的中國人究竟做過哪些夢，這其實是個很有意思的話題。但聽周作人談夢想，結果卻有些出人意料，因為他的夢不但缺乏夢應有的那種飄逸感，反而顯得過於平實。

他提出要建設現代中國的國民心理，就得誠實面對人類道德源於生物本能的事實，不做違反自然的事。《孟子》的名句「人之所以異於禽獸者幾希」，一般人的理解多是人禽差異雖然微小，但卻相距甚遠，而周作人卻指出這種距離似遠實近。人類道德的缺失一方面在於諱言人與動物的相似性，過於「爬高走遠」；另一方面卻在於人類往往做出連生物界都不曾有的水平線以下的事，非但沒能綻放出蓮根上的荷花，反倒墜入污泥。

周作人果真是一個只會講常識，連夢都不會做的書生嗎？情況當然並非如此。周作人的「夢想之一」，不幸正是時代的「現實一種」，他寫過許多文章反思現代中國種種違背自然、墮入禽道以下之怪現狀，都可視作本文註腳。這個平淡無奇的夢想，無論從哪個角度看都不炫目，但它卻能照進作者所生活的年代，讓許多難解的問題清晰明白起來。

鄙人平常寫些小文章，有朋友辦刊物的時候也就常被叫去幫忙，這本來是應該出力的。可是寫文章這件事正如俗語所說是難似易的，寫得出來固然是容容易易，寫不出時卻實在也是煩煩難難。《笑倒》中有一篇笑話云：

一士人赴試作文，艱於構思。其僕往候於試門，見納卷而出者紛紛矣，日且暮，甲僕問乙僕曰：「不知作文章一篇約有多少字。」乙僕曰：「想來不過五六百字。」甲僕曰：「五六百字難道胸中沒有，到此時尚未出來。」乙僕慰之曰：「你勿心焦，渠五六百字雖在肚裏，只是一時湊不起耳。」

這裏所說的湊不起實在也不一定是笑話，文字湊不起是其一，意思湊不起是其二。其一對於士人很是一種挖苦，若是其二則普通常常有之，我自己也屢次感到，有交不出卷子之苦。這裏又可以分作兩種情形，甲是所寫的文章裏的意思本身安排不好，乙是有着種種的意思，而所寫的文章有一種對象或性質上的限制，不能安排的恰好。有如我平時隨意寫作，並無一定的對象，只是用心把我想說的意思寫成文字，意思是誠實的，文字也還通達，在我這邊的事就算完了，看的是些男女老幼，或是看了喜歡不喜歡，我都可以不管。若是預定要給老年或是女人看的，那麼這就沒有這樣簡單，至少是有了對象的限制，我們總不能說的太是文不對題，雖然也不必要揣摩討好，卻是不能沒有甚麼顧忌。我常想要修小乘的阿羅漢果並不大難，難的是學大乘菩薩[1]，不但是誓願眾生無邊度，便是應以長者居士長官婆羅門婦女身得度者即現婦女身而為說法這一節，也就迥不能及，只好心嚮往之而已。這回寫文章便深感到這種困難，躊躇好久，覺得不能再拖延了，才勉強湊合從平時想過的意思中間挑了一個，略為敷陳，聊以塞責，其不會寫得好那是當然的了。

在不久以前曾寫小文，說起現代中國心理建設很是切要，這有兩個要點，一是倫理之自然化，一是道義之事功化。現在這裏所想說明幾句的就是這第一點。我在《螟蛉與螢火》一文中說過：

中國人拙於觀察自然，往往喜歡去把它和人事連接在一起。最顯著的例，第一是儒教化，如烏反哺，羔羊跪乳，或梟食母，都一一加以倫理的附會。第二是道教化，如桑蟲化為果蠃，腐草化為螢，這恰似仙人變形，與六道輪迴又自不同。

說起來真是奇怪，中國人似乎對於自然沒有甚麼興趣，近日聽幾位有經驗的中學國文教員說，青年學生對於這類教材不感趣味，這無疑的是的確的事實，雖然不能明白其原因何在。我個人卻很看重所謂自然研究，覺得不但這本身的事

① 小乘與大乘是佛教的不同派別，小乘渡自己，大乘渡眾生。乘，船的意思。

情很有意思，而且動植物的生活狀態也就是人生的基本，關於這方面有了充分的常識，則對於人生的意義與其途徑自能更明確的了解認識。平常我很不滿意於從來的學者與思想家，因為他們於此太是怠惰了，若是現代人尤其是青年，當然責望要更為深切一點。我只看見孫仲容先生，在《籀廎述林》[②]的一篇《與友人論動物學書》中，有好些很是明達的話，如云：

動物之學為博物之一科，中國古無傳書。《爾雅》蟲魚鳥獸畜五篇唯釋名物，罕詳體性。《毛詩》、《陸疏》旨在詁經，遺略實眾。陸佃鄭樵之倫，摭拾浮淺，同諸自鄶。……至古鳥獸蟲魚種類今既多絕滅，古籍所紀尤疏略，非徒《山海經》、《周書·王會》所說珍禽異獸荒遠難信，即《爾雅》所云比肩民比翼鳥之等咸不為典要，而《詩》、《禮》所云螟蛉果蠃，腐草為螢，以逮鷹鳩爵蛤之變化，稽核物性亦殊為疏闊。……今動物學書說諸蟲獸，有足者無多少皆以偶數，絕無三足者，《爾雅》有鱉三足能，龜三足賁，殆皆傳之失實矣。……中土所傳云龍風虎休徵瑞應，則揆之科學萬不能通，今日物理既大明，固不必曲徇古人耳。[③]

② 孫仲容（1848—1908），即清代大學者孫詒讓，仲容為其字，籀廎（zhòu qǐng）為其號，《籀廎述林》為孫詒讓的一部學術著作。

③ 這段話的大致意思是中國歷來的學術傳統中，動物學並沒有成為一個專門的學科。

這裏假如當作現代的常識看去，那原是極普通的當然的話，但孫先生如健在該是九十七歲了，卻能如此說　，正是極可佩服的事。現今已是民國甲申，民國的青年比孫先生至少要更年輕六十年以上，大部分也都經過高小初中出來，希望關於博物或生物也有他那樣的知識，完全理解上邊所引的話，那麼這便已有了五分光，因為既不相信腐草為螢那一類疏闊的傳說，也就同樣的可以明瞭，羔羊非跪下不能飲乳（羊是否以跪為敬，自是別一問題），烏鴉無家庭，無從反哺，凡自然界之教訓化的故事其原意雖亦可體諒，但其並非事實也明白的可以知道了。我說五分光，因為還有五分，這便是反面的一節，即是上文所提的倫理之自然化也。

我很喜歡《孟子》裏的一句話，即是，「人之所以異於禽獸者幾希」。這一句話向來也為道學家們所傳道，可是解說截不相同。他們以為人禽之辨只在一點兒上，但是二者之間距離極遠，人若逾此一線墮入禽界，有如從三十三天落到十八層地獄，這遠才真叫得是遠。我也承認人禽之辨只在一點兒上，不過二者之間距離卻很近，彷彿是窗戶裏外只隔着一張紙，實在乃是近似遠也。我最喜歡焦理堂先生的一節，屢經引用，其文云：

先君子嘗曰，人生不過飲食男女，非飲食無以生，非男女無以生生。唯我欲生，人亦欲生，我欲生生，人亦欲生生，孟子好貨好色之說盡之矣。不必屏去我之所生，我之所生生，但不可忘人之所生，人之所生生。循學《易》三十年，乃知先人此言聖人不易。

我曾加以說明云：

> 飲食以求個體之生存，男女以求種族之生存，這本是一切生物的本能，進化論者所謂求生意志，人也是生物，所以這本能自然也是有的。不過一般生物的求生是單純的，只要能生存便不顧手段，只要自己能生存，便不惜危害別個的生存，人則不然，他與生物同樣的要求生存，但最初覺得單獨不能達到目的，須與別個聯絡，互相扶助，才能好好的生存，隨後又感到別人也與自己同樣的有好惡，設法圓滿的相處。前者是生存的方法，動物中也有能夠做到的，後者乃是人所獨有的生存的道德，古人云人之所以異於禽獸者幾希，蓋即此也。

這人類的生存的道德之基本在中國即謂之仁，己之外有人，己亦在人中，儒與墨的思想差不多就包含在這裏，平易健全，為其最大特色，雖云人類所獨有，而實未嘗與生物的意志斷離，卻正是其崇高的生長，有如荷花從蓮根出，透過水面的一線，開出美麗的花，古人稱其出淤泥而不染，殆是最好的贊語也。

人類的生存的道德既然本是生物本能的崇高化或美化，我們當然不能再退縮回去，復歸於禽道，但是同樣的我們也須留意，不可太爬高走遠，以至與自然違反。古人雖然直覺的建立了這些健全的生存的道德，但因當時社會與時代的限制，後人的誤解與利用種種原因，無意或有意的發生變化，與現代多有齟齬的地方，這樣便會對於社會不但無益且將有害。比較籠統的說一句，大概其緣因出於與自然多有違反之故。人類擯絕強食弱肉，雌雄雜居之類的禽道，固是絕好的事，但以前憑了君父之名也做出好些壞事，如宗教戰爭，思想文字獄，人身賣買，宰白鴨與賣淫等，也都是生物界所未有的，可以說是落到禽道以下去了。我們沒有力量來改正道德，可是不可沒有正當的認識與判斷，我們應當根據了生物學人類學與文化史的知識，對於這類事情隨時加以檢討，務要使得我們道德的理論與實際都保持水線上的位置，既不可不及，也不可過而反於自然，以致再落到淤泥下去。這種運動不是短時期與少數人可以做得成的，何況現在又在亂世，但是俗語說得好，人落在水裏的時候第一是救出自己要緊，現在的中國人特別是青年最要緊的也是第一救出自己來，得救的人多起來了，隨後就有救別人的可能。這是我現今僅存的一點夢想，至今還亂寫文章，也即是為此夢想所眩惑也。

民國甲申立春節

雨的感想

導讀

本文發表於 1944 年 10 月 1 日的《天地》，後收入《立春以前》。引發這篇感想的，是夏秋之間北京的雨。周作人說自己對北京的雨沒有好感：雨量少而集中，又常常漫過台階，侵襲書房，「苦雨齋」便由此得名。月是故鄉明，雨也是紹興的好，作者表明了對北京的雨與對南方的雨的不同態度後，沒兜太大的圈子，便又回到作者文心詩魂的縈繞地——紹興老家了。

與北京少雨卻總給人帶來不便不同，紹興雖然多雨，但設計合理的石板路使得街道排水通暢，不至鬧水災，更沒有雨水倒灌進屋裏的擔憂；下雨與出行不便也沒有必然聯繫。雖然多雨對於怕漏的南方房屋結構來說，是一個很大的考驗，陣雨也讓釘鞋穿着時顯麻煩、時而多餘，但這些不愉快和雨的風情相比，就變成可有可無了。書室中聽夜雨，如同釣舟中聽雨一般，有種特別的情趣；而雨中一蓑一笠的舟子，在散文家眼中也比陸行的車夫少了拖泥帶水之感，多了幾分畫意。

全文的感想由這個「到處有河流，滿街是石板路」的浙東小城生發。現代文學史上恐怕很難再找到一位作家像周作人這樣，在不同的年齡反覆書寫心中的紹興記憶，家鄉的四時八景在他筆底永久熠熠生輝，不會褪色。

今年夏秋之間北京的雨下的不太多，雖然在田地裏並不旱乾，城市中也不怎麼苦雨，這是很好的事。北京一年間的雨量本來頗少，可是下得很有點特別，他把全年份的三分之二強在六七八月中間落了，而七月的雨又幾乎要佔這三個月份總數的一半。照這個情形說來，夏秋的苦雨是很難免的。在民國十三年和二十七年，院子裏的雨水上了階沿，進到西書房裏去，證實了我的苦雨齋的名稱，這都是在七月中下旬，那種雨勢與雨聲想起來也還是很討嫌，因此對於北京的雨我沒有甚麼好感，像今年的雨量不多，雖是小事，但在我看來自然是很可感謝的了。

不過講到雨，也不是可以一口抹殺，以為一定是可嫌惡的。這須得分別言之，與其說時令，還不如說要看地方而定。在有些地方，雨並不可嫌惡，即使不必說是可喜。囫圇的說一句南方，恐怕不能得要領，我想不如具體的說明，在到處有河流，滿街是石板路的地方，雨是不覺得討厭的，那裏即使會漲大水，成水災，也總不至於使人有苦雨之感。我的故鄉在浙東的紹興，便是這樣的一個好例。在城裏，每條路差不多有一條小河平行着，其結果是街道上橋很多，交通利用大小船隻，民間飲食洗濯依賴河水，大家才有自用井，蓄雨水為飲料。河岸大抵高四五尺，下雨雖多盡可容納，只有上游水發，而閘門淤塞，下流不通，成為水災，但也是田野鄉村多受其害，城裏河水是不至於上岸的。因此住在城裏的人遇見長雨，也總不必擔心水會灌進屋子裏來，因為雨水都流入河裏，河固然不會得滿，而水能一直流去，不至停住在院子或街上者，則又全是石板路的關係。我們不曾聽說有下水溝渠的名稱，但是石板路的構造彷彿是包含有下水計劃在內的，大概石板底下都用石條架着，無論多少雨水全由石縫流下，一總到河裏去。人家裏邊的通路以及院子即所謂明堂也無不是石板，室內才用大方磚砌地，俗名曰地平。在老家裏有一個長方的院子，承受南北兩面樓房的雨水，即使下到四十八小時以上，也不見它停留一寸半寸的水，現在想起來覺得很是特別。秋季長雨的時候，睡在一間小樓上或是書房內，整夜的聽雨聲不絕，固然是一種喧囂，卻也可以說是一種蕭寂，或者感覺好玩也無不可，總之不會得使人憂慮的。吾家濂溪先生[1]有一首《夜雨書窗》的詩云：

秋風掃暑盡，半夜雨淋漓。
繞屋是芭蕉，一枕萬響圍。
恰似釣魚船，篷底睡覺時。

這詩裏所寫的不是浙東的事，但是情景大抵近似，總之說是南方的夜雨是可以的吧。在這裏便很有一種情趣，覺得在書室聽雨如睡釣魚船中，倒是很好玩似的。下雨無論久暫，道路不會泥濘，院落不會積水，用不着甚麼憂慮，所有的唯一的憂慮只是怕漏。大雨急雨從瓦縫中倒灌而入，長雨則瓦都濕透了，可以浸潤緣入，若屋頂破損，更不必說，所

---

① 即下文的周濂溪。周濂溪，即周敦頤（1017—1073），號濂溪，北宋著名哲學家，理學學派的開山鼻祖。

以雨中搬動面盆水桶，羅列滿地，承接屋漏，是常見的事。民間故事說不怕老虎只怕漏，生出偷兒和老虎猴子的糾紛來，日本也有虎狼古屋漏的傳說，可見此怕漏的心理分佈得很是廣遠也。

下雨與交通不便本是很相關的，但在上邊所說的地方也並不一定如此。一般交通既然多用船隻，下雨時照樣的可以行駛，不過篷窗不能推開，坐船的人看不到山水村莊的景色，或者未免氣悶，但是閉窗坐聽急雨打篷，如周濂溪所說，也未始不是有趣味的事。再說舟子，他無論遇見如何的雨和雪，總只是一蓑一笠，站在後艄搖他的櫓，這不要說甚麼詩味畫趣，卻是看去總毫不難看，只覺得辛勞質樸，沒有車夫的那種拖泥帶水之感。還有一層，雨中水行同平常一樣的平穩，不會像陸行的多危險，因為河水固然一時不能驟增，即使增漲了，如俗語所云，水漲船高，別無甚麼害處，其唯一可能的影響乃是橋門低了，大船難以通行，若是一人兩槳的小船，還是往來自如。水行的危險蓋在於遇風，春夏間往往於晴明的午後陡起風暴，中小船隻在河港闊大處，又值舟子缺少經驗，易於失事，若是雨則一點都不要緊也。坐船以外的交通方法還有步行。雨中步行，在一般人想來總很是困難的吧，至少也不大愉快。在鋪着石板路的地方，這情形略有不同。因為是石板路的緣故，既不積水，亦不泥濘，行路困難已經幾乎沒有，餘下的事只須防濕便好，這有雨具就可濟事了。從前的人出門必帶釘鞋雨傘，即是為此，只要有了雨具，又有腳力，在雨中要走多少里都可隨意，反正地面都是石板，城坊無須說了，就是鄉村間其通行大道至少有一塊石板寬的路可走，除非走入小路岔道，並沒有泥濘難行的地方。本來防濕的方法最好是不怕濕，赤腳穿草鞋，無往不便利平安，可是上策總難實行，常人還只好穿上釘鞋，撐了雨傘，然後安心的走到雨中去。我有過好多回這樣的在大雨中間行走，到大街裏去買吃食的東西，往返就要花兩小時的工夫，一點都不覺得有甚麼困難。最討厭的還是夏天的陣雨，出去時大雨如注，石板上一片流水，很高的釘鞋齒踏在上邊，有如低板橋一般，倒也頗有意思，可是不久雲收雨散，石板上的水經太陽一曬，隨即乾涸，我們走回來時把釘鞋踹在石板路上嘎啷嘎啷的響，自己也覺得怪寒傖的，街頭的野孩子見了又要起哄，説是旱地烏龜來了。這是夏日雨中出門的人常有的經驗，或者可以説是關於釘鞋雨傘的一件頂不愉快的事情吧。

以上是我對於雨的感想，因了今年北京夏天不大下雨而引起來的。但是我所説的地方的情形也還是民國初年的事，現今一定很有變更，至少路上石板未必保存得住，大抵已改成蹩腳的馬路了吧。那麼雨中步行的事便有點不行了，假如河中還可以行船，屋下水溝沒有閉塞，在篷底窗下可以平安的聽雨，那就已經是很可喜幸的了。

民國甲申　八月處暑節

《十堂筆談》小引

導讀

本文發表於1944年12月18日的《新民聲》，後收入《立春以前》。民國三十三年（公元1944年）歲末，周作人快到六十歲了，寫下了這組總題為《十堂筆談》的文章，包含了十篇小文，目的要為青年人完善自身知識結構指點努力的方向。「小引」之後列出的漢字、國文、外國語、國史、博物、醫學、佛經和風土志等方面，正是周作人自己相當擅長或長期關注的領域。

為了儘量避免讓人生厭的説教口吻，周作人一開始便引用陶詩來破解交流的堅冰：「昔聞長者言，掩耳每不喜。奈何五十年，忽已親此事。」周作人頗費苦心地試圖建立長者與青年的合理關係。他闡明自己曾經也是不愛聽長者喋喋不休的張狂青年，轉眼四十年過去了，自己也成了一個喋喋不休的老者了，但相信此時自己的觀點要比上一代的老輩稍微好一點，把幾十年來跋山涉水的人生歷程説給還要在人生路上繼續前進的青年人聽聽，也未必全無用處。

在有關人生經驗的話題上，長者與青年應當是説的説、聽的聽。其實，周作人花了不少筆墨，只指出了長者不必強迫少年人坐而恭聽。他或許更想表達的意思是另一層：青年人也應當給長者説的權利。而這也正是周作人為何在此文中以自己的知識譜系為底本，為中國未來的主人翁勾勒知識藍圖的主要理由和動力吧。

陶淵明所作《雜詩》之六有句云，「昔聞長者言，掩耳每不喜。奈何五十年，忽已親此事。」這種經驗大抵各人都曾有過，只是沒有人寫出來，而且說的這麼親切。其實這也本來是當然的，年歲有距離，意見也自然不能沒有若干的間隔。王筠《教童子法》中有一則云：

桐城人傳其先輩語曰，學生二十歲不狂，沒出息，三十歲猶狂，沒出息。

這兩句話我很喜歡。古人說，狂者進取，少年時代不可無此精神，若如世間所稱的一味的少年老成，有似春行秋令，倒反不是正當的事。照同樣的道理說來，壯年老年也各有他當然的責務，須得分頭去做，不要說陶公詩中的五十，就是六七十也罷，反正都還有事該做，沒有可以休息的日子，莊子曰，息我以死，所以唯年壽盡才有休息。但是，說老當益壯，已經到了相當的年紀，卻從新納妾成家，固然是不成話，就是跟着青年跑，說時髦話，也可以不必。譬如走路，青年正在出發，壯年爬山過水已走了若干程，老年走的更多了，這條路是無窮盡的，看看是終於不能走到，但還得走下去。他走了這一輩子，結果恐怕也還是一無所得，他所得的只有關於這路的知識，說沒有用也就沒有用，不過對於這條路上的行人未必全然無用，多少可以做參考，不要聽也別無妨礙。老年人根據自己的經歷，略略講給別人聽，固不能把前途說得怎麼好，有甚麼黃金屋或顏如玉，也不至於像火焰山那麼的多魔難，只是就可以供旅行者的參考的地方，想得到時告知一點，這也可說是他們的義務。我們自己有過少年時代，記起來有不少可笑的事，在學堂的六年中總有過一兩回幾乎除了名，那時正是二十前後，照例不免有點狂，不過回想起當時犯過都為了公，不是私人的名利問題，也還可以說得過去。當時也聽了不少的長者的教訓，也照例如陶公所云掩耳不喜，這其實是無怪的，因為那些教訓大抵就只是誨人諂耳，不聽倒是對的，在此刻還曆之年想起四十年前長老的話，覺得不大有甚麼值得記憶，更不必說共鳴了。這樣看來，五十之年也是今昔很有不同，並不是一定到了甚麼年齡便總是那麼的想的。一個人自以為是，本來是難免的，總之不能說是對，現在讓我們希望，我們的意見或者可以比上一代的老輩稍好一點，並不是特別有甚麼地方更是聰明了，只是有一種反省，自己從前也有過青年時期，未曾完全忘記，其次是現今因年歲閱歷的關係，有些意見很有改變了，這頗有可供後人參考的地方，但並沒有一種約束力，叫人非如此不可。因為根據這個態度說話，說的人雖然覺得他有說的義務，聽的人單只有聽的權利，不聽也是隨意，可以免去掩耳之煩，蓋唯有長者咕咕而談，強迫少年人坐而恭聽，那時才有掩耳之必要也。昔馮定遠著《家戒》二卷，卷首題詞中有云：

少年性快，老年諄諄之言，非所樂聞，不至頭觸屏風而睡，亦已足矣，無如之何，筆之於書，或冀有時一讀，未必無益也。

馮君寫家戒，説的是這麼明達，我們對青年朋友説話，自然還該客氣，仔細想來，其實與平輩朋友説話也無甚麼不同，大抵只是話題有點選擇而已，至於需要誠實坦白本是一樣，説的繁簡或須分別，但是那也只是論理當如是，卻亦不能一定做到也。

民國三十年十二月十日十堂自記

風的話

導讀

本文作於 1945 年 5 月 11 日，後收入《知堂乙酉文編》。周作人寫過不少關於北京城四季的散文，可算是古城一位細心的觀察者與素描家。但和老舍先生作為「老北京」的描繪視角不一樣，越郡周作人筆下的北京城，與其説是被正面呈現的對象，不如説是他在追憶紹興老家時的陪襯物。周作人的文章往往只在開頭與結尾處涉及主旨，大半篇幅都在「離題萬里」的情況絕非偶然，《風的話》就是如此。

文章開宗明義宣稱此文專講「北京多風」，但讀至全文三分之二處，會發現作者講了大半天的倒是紹興水鄉大風天裏行舟的危險，幾則主要例證都改寫自舊日記，少年日記某種程度上成了後來周作人散文的母題寶庫。而習慣了作者這種行文風格的讀者，也不覺得突兀，而是自然而然地為其牽引，神遊在千里之外的東南小城。直至文章馬上要結尾了，作者好像才「突然」記起主題，在北京城呼呼有聲的大風，以及白楊樹葉如同下雨的瑟瑟聲中結束全文。

由紹興水鄉出發而感知自然人情，周作人的北京體驗充滿跨越南北的時空縱橫感。全文雖然外表上談天（象）説地（域），但內裏卻有一種對人世哲理的曲折傳達，如首段所引老子關於風雨的話，接下來記述大姑母因小船遇風浪傾覆溺亡的舊事，言辭間神色淡然，彷彿自然與人世的風雨都不足畏，只待日後的讀者且聽風吟。

北京多風，時常想寫一篇小文章講講它。但是一拿起筆第一想到的便是大塊噫氣[①]這些話，不覺索然興盡，又只好將筆擱下。近日北京大颳其風，不但三日兩頭的颳，而且一颳往往三天不停，看看妙峯山的香市將到了，照例這半個月裏是不大有甚麼好天氣的，恐怕書桌上沙泥粒屑，一天裏非得擦幾回不可的日子還要暫時繼續，對於風不能毫無感覺，不管是好是壞，決意寫了下來。説風的感想，重要的還是在南方，特別是小時候在紹興所經歷的為本，雖然覺得風頗有點可畏，卻並沒有甚麼可以嫌惡的地方。紹興是水鄉，到處是河港，交通全用船，道路鋪的是石板，在二三十年前還是沒有馬路。因為這個緣故，紹興的風也就有它的特色。這假如説是地理的，此外也有一點天文的關係。紹興在夏秋之間時常有一種龍風，這是在北京所沒有見過的。時間大抵在午後，往往是很好的天氣，忽然一朵烏雲上來，霎時天色昏黑，風暴大作，在城裏説不上飛沙走石，總之是竹木摧折，屋瓦整疊的揭去，嘩喇喇[②]的掉在地下，所謂把井吹出籬笆外的事情也不是沒有。若是在外江內河，正坐在船裏的人，那自然是危險了，不過撐蜑船[③]的老大們大概多是有經驗的，他們懂得占候，會看風色，能夠預先防備，受害或者不很大。龍風本不是年年常有，就是發生也只是短時間，不久即過去了，記得老子説過，「飄風不終朝，驟雨不終日，孰為此者天地，天地尚不能久，而況於人乎。」這話説得很

① 大塊噫氣，出自《莊子》，此處形容陳詞濫調。

② 嘩喇喇，同「嘩啦啦」。

③ 撐蜑（dàn）船，划船。

好，此本是自然的紀律，雖然應用於人類的道德也是適合。下龍風一二等的大風卻是隨時多有，大中船不成問題，在小船也還不免危險。我説小船，這是指所謂踏槳船，從前在《烏篷船》那篇小文中有云：

小船則真是一葉扁舟，你坐在船底席上，篷頂離你的頭有兩三寸，你的兩手可以擱在左右的舷上，還把手掌都露出在外邊。在這種船裏彷彿是在水面上坐，靠近田岸去時便和你的眼鼻接近，而且遇着風浪，或是坐得稍不小心，就會船底朝天，發生危險，但是也頗有趣味，是水鄉的一種特色。

陳晝卿《海角行吟》中有詩題曰《踏槳船》，小註云，「船長丈許，廣三尺，坐卧容一身，一人坐船尾，以足踏槳行如飛，向惟越人用以狎潮渡江，今江淮人並用之以代急足。」這裏説明船的大小，可以作為補足，但還得添一句，即舟人用一槳一楫，無舵，以楫代之。船的容量雖小，但其危險卻並不在這小的一點上，因為還有一種划划船，更窄而淺，沒有船篷，不怕遇風傾覆，所以這小船的危險乃是因有篷而船身較高之故。在庚子的前一年，我往東浦去弔先君的保姆之喪，坐小船過大樹港，適值大風，望見水面波浪如白鵝亂竄，船在浪上顛簸起落，如走游木，舟人竭力支撐，駛入汊港，始得平定，據説如再顛一刻，不傾沒也將破散了。這種事情是常會有的，約十年後我的大姑母來家拜忌日，午後回吳融村去，小船遇風浪傾覆，遂以溺死。我想越人古來斷髮文身，入水與蛟龍鬥，幹慣了這些事，活在水上，死在水裏，本來是覺悟的，俗語所謂瓦罐不離井上破，是也。我們這班人有的是中途從別處遷移去的，有的雖是土著，經過二千餘年的歲月，未必能多少保存長頸鳥喙的氣象，可是在這地域內住了好久，如范少伯所說，「黿鼉魚鱉之與處，而蛙黽之與同陼」[④]，自然也就與水相習，養成了這一種態度。辛丑以後我在江南水師學堂做學生，前後六年不曾學過游泳，本來在魚雷學堂的旁邊有一個池，因為有兩個年幼的學生不慎淹死在裏邊，學堂總辦就把池填平了，等我進校的時候那地方已經改造了三間關帝廟，住着一個老更夫，據説是打長毛立過功的都司。我年假回鄉時遇見人問，你在水師當然是會游水吧。我答説，不。為甚麼呢？因為我們只是在船上時有用，若是落了水就不行了，還用得着游泳麼。這回答一半是滑稽，一半是實話，沒有這個覺悟怎麼能去坐那小船呢。

上邊我説在家鄉就只怕坐小船遇風，可是如今又似乎翻船並不在乎，那麼這風也不甚麼可畏了。其實這並不盡然。風總還是可怕的，不過水鄉的人既要以船為車，就不大顧得淹死與否，所以看得不嚴重罷了。除此以外，風在紹興就不見得有甚麼討人嫌的地方，因為它並不揚塵，街上以至門內院子裏都是石板，颳上一天風也吹不起塵土來，白天只聽得鄰家的淡竹林的摩戛聲，夜裏北面樓窗的板門格答格答的作響，表示風的力量，小時候熟悉的記憶現在回想起來，倒還覺得有點有趣。

④ 范少伯即范蠡（公元前536—公元前448），春秋時期越國政治家。此句出自《國語》，意思是越國人世代生活在水邊。黿鼉（yuán tuó），魚鱉的意思。

後來離開家鄉，在東京隨後在北京居住，才感覺對於風的不喜歡。本鄉三處的住宅都有板廊，夏天總是那麼沙泥粒屑，便是給風颳來的，赤腳踏上去覺得很不愉快，桌子上也是如此，伸紙攤書之前非得用手摸一下不可，這種經驗在北京還是繼續着，所以成了習慣，就是在不颳風的日子也會這樣做，北京還有那種蒙古風，彷彿與南邊的所謂落黃沙相似，颳得滿地滿屋的黃土，這土又是特別的細，不但無孔不入，便是用本地高麗紙糊好的門窗格子也擋不住，似乎能夠從那簾紋的地方穿透過去。平常大風的時候，空中呼呼有聲，古人云「春風狂似虎」，或者也把風聲說在內，聽了覺得不很愉快。古詩有云，「白楊多悲風，蕭蕭愁殺人。」這蕭蕭的聲音我卻是歡喜，在北京所聽的風聲中要算是最好的。在前院的綠門外邊，西邊種了一棵柏樹，東邊種了一棵白楊，或者嚴格的說是青楊，如今十足過了廿五個年頭，柏樹才只拱把，白楊卻已長得合抱了。前者是長青樹，冬天看了也好看，後者每年落葉，到得春季長出成千萬的碧綠大葉，整天的在搖動着，書本上說它無風自搖，其實也有微風，不過別的樹葉子尚未吹動，白楊葉柄特別細，所以就顫動起來了。戊寅以前老友餅齋常來寒齋夜談，聽見牆外瑟瑟之聲，輒驚問曰，下雨了吧，但不等回答，立即省悟，又為白楊所騙了。戊寅春初餅齋下世，以後不復有深夜談天的事，但白楊的風聲還是照舊可聽，從窗裏望見一大片的綠葉也覺得很好看。關於風的話現在可說的就只是這一點，大概風如不和水在一起這固無可畏，卻也就沒有甚麼意思了。

陰曆三月末日

石板路

導讀

本文寫於 1945 年 12 月 2 日，收入《過去的工作》。到了 20 世紀 50 年代，此文又被截成《石板路》、《石板路二》、《路旁水果攤》與《橋與天燈》四篇，發表在 1950 年 6 月 2、3、4、6 日的《亦報》上。

一篇文章能分成數則發表，其中既有作者 1950 年至 1951 年專欄寫作量大、交稿時限嚴格的客觀原因，但更重要的是文章本身容量豐厚、層次分明。寫作的由頭，亦是因京城罕見石路引起，紹興的石板路隨即順勢成為文章主角。有些特別的是，此趟精神返鄉之旅，作者平日的書齋閱讀很大程度上充當了「還鄉指南」，《會稽續志》、《紹興府志》、清代笑話、乾嘉浙籍文人作品等方志、筆記、詩歌均被採擇援引，同時也指引着作者以多年後的眼光再次打量兒時那片「最為熟悉、也最有興趣的」紹興老街。

《紹興府志》中清代「天下紹興街之謠」的記載，配合着「石板兩頭翹」的兒歌記憶，讓悠長的歷史在饒有童趣的唱誦中定格，一座採石業盛行、幾乎由石板鋪就的小城也漸漸映入眼簾。向來耽於味覺體驗的作者竟對街旁水果攤，甚至賣秋白梨大漢的叫賣聲都記得清楚，精心點綴的《老虎詩》笑話則使文章諧趣倍增，早年諳熟的市井氣息與後天培植的雅趣被作者調配得節奏均齊。

作者不止一次地說出他對石板路會變成馬路的擔心，生怕石橋、天燈這類江南才有的風景，有朝一日只能到詩文中尋覓。今天，作者的擔心成了真，但我們相信，或許童年那條獨一無二的石板路總會在某個時刻進入我們的心間。

石板路在南邊可以說是習見的物事，本來似乎不值得提起來說，但是住在北京久了，現在除了天安門前的一段以外，再也見不到石路，所以也覺似有點希罕。南邊石板路雖然普通，可是在自己最為熟悉、也最有興趣的，自然要算是故鄉的，而且還是三十年前那時候的路，因為我離開家鄉就已將三十年，在這中間石板恐怕都已變成了粗惡的馬路了吧。案《寶慶會稽續志》卷一《街衢》云：

越為會府，衢道久不修治，遇雨泥淖幾于沒膝，往來病之。守汪綱亟命計置工石，所至繕砌，浚治其湮塞，整齊其嶔崎，除街陌之穢污，復河渠之便利，道涂堤岸，以至橋梁，靡不加葺，坦夷如砥，井里嘉歎。[1]

《乾隆紹興府志》卷七引《康熙志》云：

國朝以來衢路益修潔，自市門至委巷，粲然皆石甃，故海內有天下紹興街之謠。然而生齒日繁，闤闠充斥，居民日夕侵佔，以廣市廛，初聯接飛簷，後竟至丈余，為居貨交易之所，一人作俑，左右效尤，街之存者僅容車馬。每遇雨霽雪消，一線之徑，陽焰不能射入，積至五六日猶泥濘，行者苦之。至冬殘歲晏，鄉民雜遝[2]，在城貿易百物，肩摩趾躡，

① 這段話大致意思是對會稽太守汪綱修路的舉動進行稱讚。

② 雜遝（tà），同「雜沓」，雜亂的樣子。

一失足則腹背為人蹂躪。康熙六十年知府俞卿下令闢之，以石牌坊中柱為界，使行人足以往來。[③]

查志載汪綱以宋嘉定十四年權知紹興府，至清康熙六十年整整是五百年，那街道大概就一直整理得頗好，又過二百年直至清末還是差不多。我們習慣了也很覺得平常，原來卻有天下紹興街之謠，這是在現今方才知道。小時候聽唱山歌，有一首云：

知了喳喳叫，
石板兩頭翹，
懶惰女客困旰覺。

知了即是蟬的俗名，盛夏蟬鳴，路上石板都熱得像木板似的曬乾，兩頭翹起。又有歌述女僕的生活，主人乃是大家，其門內是一塊石板到底。由此可知在民間生活上這石板是如何普遍隨處出現。我們又想到七星岩的水石宕，通稱東湖的繞門山，都是從前開採石材的遺跡，在繞門山左近還正在採鑿着，整座的石山就要變成平地，這又是別一個證明。普通人家自大門內凡是走路一律都是石板，房內用磚鋪地，或用大方磚名曰地平，貧家自然也多只是泥地，但凡路必用石，即使在小村裏也有一條石板路，闊只二尺，僅夠行走。

③ 這段話大致意思是紹興的路很窄，難於行人，康熙六十年把路開闊了。

至於城內的街無不是石，年久光滑不便於行，則鑿去一層，雨後即着舊釘鞋行走其上亦不虞顛仆，更不必說穿草鞋的了。街市之雜遝仍如舊志所說，但店家侵佔並不多見，只是在大街兩邊，就店外擺攤者極多，大抵自軒亭口至江橋，幾乎沿路接連不斷，中間空路也就留存得有限，從前越中無車馬，水行用船，陸行用轎，所以如改正舊文，當云僅容肩輿而已。這些擺攤的當然有好些花樣，不曉得如今為何記不清楚，這不知究竟是為了年老健忘，還是嘴饞眼饞的緣故，記得最明白的卻是那些水果攤子，滿台擺滿了秋白梨和蘋果，一堆一角小洋，商人大張着嘴在那裏嚷着叫賣。這種呼聲也很值得記錄，可惜也忘記了，只記得一點大意。石天基《笑得好》中有一則笑話，題目是《老虎詩》，其文曰：

一人向眾誇說：「我見一首虎詩，做得極好極妙，止得四句詩，便描寫已盡。」傍人請問，其人曰：「頭一句是甚的甚的虎，第二句是甚的甚的苦。」傍人又曰：「既是上二句忘了，可說下二句罷。」其人仰頭想了又想，乃曰：「第三句其實忘了，還虧第四句記得明白，是很得很的意思。」

市聲本來也是一種歌謠，失其詞句，只存意思，便與這老虎詩無異。叫賣的說東西賤，意思原是尋常，不必多來記述，只記得有一個特殊的例：賣秋白梨的大漢叫賣一兩聲，頻高呼曰，來駄哉，來駄哉，其聲甚急迫。這三個字本來也可以解為請來拿吧，但從急迫的聲調上推測過去，則更像是警戒或告急之詞，所以顯得他很是特別。他的推銷法亦甚積極，如有長衫而不似寒酸或嗇刻的客近前，便云：拿幾堆去吧。不待客人說出數目，已將台上兩個一堆或三個一堆的梨頭用右手攬亂歸併，左手即抓起竹絲所編三文一隻的苗籃來，否則亦必取大荷葉捲成漏斗狀，一堆兩堆的盡往裏裝下去。客人連忙阻止，並說出需要的堆數，早已來不及，普通的顧客大抵不好固執，一定要他從荷葉包裹拿出來再擺好在台上，所以只阻止他不再加入，原要兩堆如今已是四堆，也就多花兩個角子算了。俗語云：掗賣情銷，上邊所說可以算作一個實例。路邊除水果外一定還有些別的攤子，大概因為所賣貨色小時候不大親近，商人又不是那麼大嚷大叫，所以不大注意，至今也就記不起來了。

與石板路有關聯的還有那石橋。這在江南是山水風景中的一個重要分子，在畫面上可以時常見到。紹興城裏的西邊自北海橋以次，有好些大的圓洞橋，可以入畫，老屋在東郭門內，近處便很缺少了，如張馬橋、都亭橋、大雲橋、塔子橋、馬梧橋等，差不多都只有兩三級，有的還與路相平，底下只可通小船而已。禹跡寺前的春波橋是個例外，這是小圓洞橋，但其下可以通行任何烏篷船，石板也當有七八級了。雖然凡橋雖低而兩欄不是牆壁者，照例總有天燈用以照路，不過我所明瞭記得的卻又只是春波橋，大約因為橋較大，天燈亦較高的緣故吧。這乃是一支木杆高約丈許，橫木上着板製人字屋脊，下有玻璃方龕，點油燈，每夕以繩上下懸掛。翟晴江《無不宜齋稿》卷一《甘棠村雜詠》之十七詠天燈云：

冥冥風雨宵，孤燈一杠揭。
熒光散空虛，燦逾田燭設。
夜間歸人稀，隔林自明滅。

這所說是杭州的事，但大體也是一樣。在民國以前，屬於慈善性的社會事業，由民間有志者主辦，到後來恐怕已經消滅了吧。其實就是在那時候，天燈的用處大半也只是一種裝點，夜間走路的人除了夜行人外，總須得自攜燈籠，單靠天燈是決不夠的。拿了「便行」燈籠走着，忽見前面低空有一點微光，預告這裏有一座石橋了，這當然也是有益的，同時也是有趣味的事。

三十四年十二月二日記　時正聞驢鳴

寫文章之難

導讀

本文發表於1949年4月7日的《自由論壇晚報》。周作人在本文中表達了他今後的文章理想：寫那種五六百字的小文章，選擇一點簡單的意思，並儘可能簡單地表述出來。而縱觀作者1950年以後的散文，尤其是《亦報》隨筆，五六百字的文章數量極多，可以説實踐了此處提出的理想文章的標準。字數的限制固然有報紙專欄的客觀因素，另外作者抱有這種自覺的追求，也是1950年以後形成他的創作面貌的重要原因。

1949年以後，周作人結束了三年多的階下囚生涯，出獄並重新開始發表作品。對於即將到來的嶄新時代，周作人感到生疏與隔膜，這使他思考如何採取恰當的表達方式。他認為多寫淺顯易懂的小文章，是進入這一新的文化空氣的合適途徑。但值得注意的是，周作人又提到要把文章寫得像與朋友談話似的，這其實又和他五四時期強調的寫文章要不擺架子、要像與友人圍爐閒話般地親切隨和是一脈相承的。儘管時過境遷，這位五四時期的散文大家仍然秉承着自己一貫的文章理念。

實際上，作者感歎的所謂寫文章之難，並非尋常意義上的作文之艱難，儘管他引用的笑話不無自我調侃的意味，但實際強調的是如何在極其有限的篇幅內，把自己一貫的思想深入淺出地傳達清楚，還要儘量為最大範圍的讀者羣所領會。這種大雅須得大俗的要求，才使得作者發出如此感歎，恐怕並非作者自謙，而且也只有散文藝術步入爐火純青境界的周作人才能勉力做到。

既不是職業，又不是遊戲，我也有時候寫幾篇文章。可是寫文章實在不是好玩的事，寫出來總是不如意，要寫得長點的時候，結果還是拉不長，顯得很侷促，假如想寫一篇小文，這又往往不知不覺的說的囉嗦了，比原定的標準超過了一倍。這不禁令人記起《一夕話》裏所收的一則笑話來，原本是文言的，現在照抄在這裏。

一士人赴試作文，艱於構思。其僕候於試門，見納卷而出者紛紛矣，日且暮，甲僕問乙僕曰：「不知作文章一篇約有多少字。」乙僕曰：「想來不過五六百字。」甲僕曰：「五六百字難道胸中沒有，到此時尚未出來。」乙僕慰之曰：「你勿心焦，渠五六百字雖在肚裏，只是一時湊不起耳。」

這裏挖苦秀才以及文人是很深刻的，這比較說士人做文章比女人生產還要難，因為他是肚子裏本來沒有的，更是缺德。不過五六百字湊不起是一件事，而湊起來時超過數目，又是別一件困難的事。鄉下人不會寫自己的名字，只好畫一個圈了事，但是這圓圈卻也並不容易畫，不是抖抖擻擻畫不齊全，便是剛剛兩頭合攏的時候收不住筆，一下子又往左邊衝了出去，圈上多了一個柄，有似一隻鐵勺了。個人的經驗，要湊幾百個字似乎還不難，難的是把握不住，十回有八九過了這關，一不小心便寫到千字以上，說也奇怪，越是字數多也越是不得要領，結果弄成纏夾二先生的說話，自己看了也不高興，只好潦草的結束，可是不很便宜的稿紙已經兩張糟蹋掉了。我的理想是五六百字寫一篇小文字，簡單的一點意思簡單地說出來，並不想這於世道人心有甚麼用處，只是有如同朋友談話，能夠表現出我的意見，叫他聽了明白，不覺得煩瑣討厭，那就好了。這個本領至今沒有學好，只要看這篇文字，寫到這裏已經有了六百字，還是說不清楚，若是再要說下去，勢必又要加添二三百字，而其說不清楚還是一樣，所以趕緊停住。不過實行雖然還很困難，知道文章是簡要的好，想寫五六百字的文章，這意見總是對的。太史公說過，雖不能至心嚮往之，我也是這樣的想。

章太炎的法律

導讀

本文發表於 1949 年 12 月 29 日的《亦報》。回憶舊時人物是周作人的「《亦報》隨筆」專欄，包括晚年寫作的一項重要主題，而這也是這位知堂老人的獨家資源：無論是談談有關魯迅的逸聞，還是勾勒幾幅五四前後著名人物的素描小像，皆是信手拈來，當時與他在閱歷與見聞方面旗鼓相當的作者並不多。

魯迅和周作人都是章太炎先生的學生，早年曾在東京聽過章太炎的課。太炎先生對於周氏兄弟影響很深，兄弟倆多年之後仍對先生非常敬仰。魯迅到了 1933 年在給朋友曹聚仁的信中，還提到如果以後見到太炎先生「仍當執禮甚恭」，可見魯迅對老師的感情之深。甚至魯迅在去世前不久還寫文章回憶章太炎，說到「我以為先生的業績，留在革命史上的，實在比在學術史上還要大」，這與本文所說的「老夫子的偉大第一是在於反滿清，其二是有學問」極其相似，周氏兄弟對於一些問題看法的一致可見一斑。

作為一則五百來字的隨筆，本文重心在前半部分，表達了作者對太炎先生的懷念，而後半部分提及的太炎先生對法律的見解一段則是閒筆，是為了解這位大學問家的內心與思想提供的生動可感的細節。

周作人把對太炎先生的崇敬之情隱藏得很深，但仔細體會也不難看出這份深情。如開篇所言「他的弟子現在還有好些健在，但所傳的多是他的一部分的學問，特別是文字學，至於整個得到他的傳統的那是沒有了」。早年東京聽講的幾位學生後來都有所建樹，有好幾位都已是某一領域的代表性人物，但在周作人看來，包括自己在內的弟子們都沒能在總體上達到先生的學術高度。此句既標舉了章太炎在近代學術史上空谷足音的地位，同時也表達了說話者那種「白頭宮女在，閒坐說玄宗」的寂寥心情。

章太炎先生是中國樸學家的最後的一個，他的弟子現在還有好些健在，但所傳的多是他的一部分的學問，特別是文字學，至於整個得到他的傳統的那是沒有了。大家都很佩服他的漢學，他二次三番地被門人請出來講學，可是他老先生並不高興，曾對他們說，你們不知道我，我所長的是在談政治。弟子們對於他這方面的著作，特別是發表在《民報》上的，都熱心地讀過，也沒有甚麼反對，不過心裏還是覺得老夫子的偉大第一是在於反滿清，其二是有學問。太炎對弟子講到他的法律的意見，都很有意思。其中有關於小偷的一節，據他說舊刑律對於竊盜罪的判罪以所偷多少為標準，這是很不公平的，因為這只是為富人的利益着想，於道理上也說不通。所以他主張論贓應當以失主的財產為比例，假如他只有一百塊錢，被偷了五十便是損失百分之五十；但是有百萬家財的被偷去一萬元，那只是百分之一，比偷五十元的罪要輕得很多。大家聽了這話覺得很有理，卻不知道是否真是行得通，因為這些都不是學政法的，所以不能贊一辭了。他後來寫了一篇《五朝法律索隱》，舉出好些古代法律的好處，大概這一節話也說在裏邊，彷彿那一朝有過類似的規定，只是一時來不及查《章氏叢書》，現在不能確說了。

一九四九年十二月二十九日

打狗之道

導讀

本文發表於 1950 年 6 月 19 日的《亦報》。1950 年至 1951 年，周作人進入了生命中又一個寫作高峯，他在《亦報》這份新中國的小報上發表了幾十萬字的隨筆。較之於早年文章，《亦報》隨筆的篇幅很短，題材極為廣泛，語言通俗，照顧了普通市民的閱讀需要。然而，儘管寫的是通俗文章，作者在其間所體現的精英意識與獨特氣度卻未能變易。

即以本文為例，以五百來字的篇幅談論一個再尋常不過的話題：路上遇到狗向自己吠叫或攻擊該如何應對，但作者接下來引述的卻是荷馬史詩《奧德賽》中的英雄阿迭修斯遇到此等窘境時的辦法，接着又舉出亞列士多德與普利尼烏斯對此問題的見解。這種寫法其實難度很大，因為任舉一個極平常的寫作主題，便要能從古往今來的文學、思想寶庫中勾連出相關記載與表述，同時又得在行文中力避「掉書袋」嫌疑，在自如變換中緊扣主題。這不僅需要極淵博的知識，更有賴於純熟的文章技巧。

周作人很喜歡西洋古典文學，這與他晚年對希臘神話集的翻譯與推崇密切相關。然而談完了阿迭修斯與亞列士多德之後，又能自然過渡到鄉村乞丐手中的那根打狗棒上，恐怕很少有人能像作者這樣如此輕鬆地跨度時空與雅俗之界吧。

假如你遇着狗對你叫，最好的方法是對牠作一個揖，牠就會走了。這句話我只聽見人說，不知道書上有沒有過，但我相信當是古已有之的。

西洋古代的荷馬史詩是中國周召共和時代的作品，裏邊說到英雄阿迭修斯[①]回鄉，遇見牧場的狗叫着奔來，他很狡獪的蹲到地上，放下手裏的行杖。亞列士多德[②]與普利尼烏斯[③]都說，狗不攻擊蹲着的人。為甚麼呢？亞列士多德說的很妙，他說對於卑屈的人怒氣自息，狗也不能咬蹲坐的人。這樣說來，也正可以表明作揖之有效，就只是把狗看得太高了，大概於事實未必能相合。有些人解釋，以為狗怕人屈下身子去撿石頭，因為狗對於人家的扔石頭總是不大歡迎的，我聽人講作揖的理由就是如此說，事實上在阿迭修斯的時候也是由牧人趕出來，用石頭把狗轟走才給他解了圍的。但是又有人說，狗所怕的不是撿石頭，乃是因為伏下去，像是動物預備爭鬥的樣子，說不一定一下子就撲過去，所以那邊也不得不躊躇了。或云，直立的人忽然蹲倒，狗的意識因情景的變換而移轉，憤怒減退，成為驚異，這也是很可能的事。

① 阿迭修斯，現通譯奧德修斯，即奧德賽，荷馬史詩《奧德賽》中的主人公。

② 亞列士多德，現通譯亞里士多德（公元前 384—公元前 322），古希臘哲學家。

③ 普利尼烏斯（24—79），古希臘博物學家。

我想這些説法都有可取，不妨擇一作為説明，不過那對付的方法，不論蹲下或是作揖，我總覺得不見得好，我們只要看鄉村的討飯的，他們與狗要算頂有經驗的了，他們大抵帶着一根打狗棒，可見除此以外沒有好的辦法，這可以説是事實的證明吧。

人與蟲

導讀

本文發表於 1950 年 6 月 27 日的《亦報》。周作人的博物學興趣，使他對於草木蟲魚有着獨特的考察，尤其是對於中國古代自然觀念（尤其是動物學知識）的討論更是其中亮點。

在他看來，古往今來流傳着許多奇特的「怪話」，一方面是科學常識嚴重缺乏，例如認為雀入大水為蛤、螢火蟲由腐草所化等；另一方面則是想像出類似於羔羊跪乳之類的「倫理化的自然觀」。這種自然觀念雖然略顯荒謬，然而代代相傳、影響深遠。

這篇 1950 年的隨筆仍延續了周作人此前的觀察結論，尤其對於「倫理化的自然觀」有着持續探討。相對於把人類社會的倫理強加到動物身上，人類歷史上的種種殘殺與荒唐，其實都是人類有着比蟲更加不合理行為的明證。

作者明確提出：「講些不必要的理，結局反是不合理」。動物的行為「不講理」，卻因為順應了自然，所以更合理。人類往往違反自然天性，還往往為不合理的事情找尋藉口，以至於多做出禽獸不為之事。這便是此篇《人與蟲》的微旨所在。

文末作者講到曾問過愛羅先珂俄國新舊教派紛爭的原因，頓時將這篇小文章引進一條頗具歷史縱深感的長廊中。

愛羅先珂是五四時期來到中國的俄國盲詩人，曾在周氏兄弟家中住過，是周氏兄弟的朋友，參與過五四的文學活動。這樣輕描淡寫的一筆卻彷彿在提醒我們，這位到了 1950 年還繼續筆耕不輟的老人，其實是從五四走來的，他的筆下雖然講着淺顯的話題，卻自有着一股源自五四的獨特氣息。

雪窗近來看到西儒的講人與蟲、本能與理性的一篇論文，其中有云，蟲的行動有時比人更合理，唯其並不講理，故更合理。他在信裏抄來給我看，説亦妙語也，我也覺得確是名言。人與蟲的樣子的確差得很多，一個人連手帶腳只得四隻，標準的昆蟲就有六隻，若説其體，吳公[①]更要多出幾倍，尤其是那好多對的複眼，不知看出來這世界是何形狀，叫人無從設想。可是其生活的根本條件，卻是與人並沒有多少差異的。個人與種族的生存是兩大主幹，世尊知道這個癥結，想要用涅槃來求解決，可是沒有用，後來和尚們也娶妻吃肉，他們自己又由講理而復歸於合理了。但講理而講得不通，以至行動不合理，將為動物所笑的，在人間也並不少，如中外過去歷史上的宗教戰爭，神聖裁判，文字獄，三綱主義，賣淫制度等，都是人所獨有的壞事。

從前我問過愛羅先珂，俄國新舊教派互相嫉視以至殘害，其不同之點何在。他是無神論者，所以也不很明白，説只知聖書譯本新舊不同，又劃十字時一派用三個手指，一派只用兩個，至於哪一派是兩個手指的，他記不清楚了。我説，這有甚麼關係，值得那麼的鬧，他笑説道，我也是這樣想。這正是很好的例。講些不必要的理，結局反是不合理，宗教禮教便多是這一類的東西，須得從它解放出來，這才可以簡單正當的生活。雖然人類並不一定是萬物之靈，但如有比蟲更不合理的行為，總是可以慚愧的。

① 吳公，即「蜈蚣」。

魯迅的笑

導讀

本文發表於 1956 年 10 月 11 日的《陝西日報》，後收入《魯迅的青年時代》。周作人寫作這篇文章時，魯迅已經去世二十年了。晚年的周作人寫了很多回憶魯迅的文章，大部分收在《魯迅的故家》、《魯迅的青年時代》與《魯迅小說裏的人物》三本書中。

魯迅去世後，對他的紀念活動一直沒有停止。而在非常了解魯迅生平與思想的二弟周作人看來，後人對魯迅形象的刻畫總有種「嚴肅有餘而和藹不足」的缺憾，例如有關魯迅的畫像極少有表現魯迅的笑的。實際上，魯迅對待敵人固然呈現出戰鬥的嚴厲，但對待友人，尤其是對待青年、兒童往往是親切和氣的。

和魯迅相處過的青年大多對他的和善印象較深，小時候曾與伯父魯迅一起生活過的周作人長女周靜子，也寫過《回憶伯父魯迅》，記敘了伯父性格和藹的特點。不難想像，正因為魯迅自己保持着一顆童心，因此與孩子相處才毫無障礙，並且特別能夠理解孩子。通過此文，周作人意在強調，只有全面地理解魯迅，不僅讚頌他緊張戰鬥的一面，也刻畫他開朗和藹的笑容，才能夠把握這位偉大人物的全貌。

魯迅去世已滿二十年了，一直受到人民的景仰，為他發表的文章不可計算，繪畫雕像就照相所見，也已不少。這些固然是極好的紀念，但是據個人的感想來説，還有一個角落，似乎表現得不夠充分，這便不能顯出魯迅的全部面貌來。這好比是個盾，它有着兩面，雖然很有點不同，可是互相為用，不可偏廢的。魯迅最是一個敵我分明的人，他對於敵人絲毫不留情，如果是要咬人的叭兒狗，就是落了水，他也還是不客氣地要打。他的文學工作差不多一直是戰鬥，自小説以至一切雜文，所以他在這些上面表現出來的，全是他的戰鬥的憤怒相，有如佛教上所顯現的降魔的佛像，形象是嚴厲可畏的。但是他對於友人另有一副和善的面貌，正如盾的向裏的一面，這與向外的蒙着犀兕[1]皮的大不相同，可能是為了便於使用，貼上一層古代天鵝絨的裏子的。他的戰鬥是有目的的，這並非單純的為殺敵而殺敵，實在乃是為了要救護親人，援助友人，所以那麼的奮鬥，變相降魔的佛回過頭來對眾生的時候，原是一副十分和氣的金面。魯迅為了摧毀反革命勢力 —— 降魔 —— 而戰鬥，這偉大的工作，和相隨而來的憤怒相，我們應該尊重，但是同時也不可忘記他的別一方面，對於友人特別是青年和兒童那和善的笑容。

我曾見過些魯迅的畫像，大都是嚴肅有餘而和藹不足。可能是魯迅的照相大多數由於攝影時的矜持，顯得緊張一點，第二點則是畫家不曾和他親近過，憑了他的文字的印

① 犀兕（sì），兇猛的野獸。

象，得到的是戰鬥的氣氛為多，這也可以說是難怪的事。偶然畫一張軒眉怒目，正要動手寫反擊「正人君子」的文章時的像，那也是好的，但如果多是緊張嚴肅的這一類的畫像，便未免有單面之嫌了。大凡與他生前相識的友人，在學校聽過講的學生，和他共同工作，做過文藝運動的人，我想都會體會到他的和善的一面，多少有過些經驗。有一位北京大學聽講小說史的人，曾記述過這麼一回事情。魯迅講小說到了《紅樓夢》，大概引用了一節關於林黛玉的本文，便問大家愛林黛玉不愛？大家回答，大抵都說是愛的吧，學生中間忽然有人詢問，周先生愛不愛林黛玉？魯迅答說，我不愛。學生又問，為甚麼不愛？魯迅道，因為她老是哭哭啼啼。那時他一定回答得很鄭重，可是我們猜想在他嘴邊一定有一點笑影給予大家很大的親和之感。他的文章上也多有滑稽諷刺成分，這落在敵人身上，是一種鞭打，但在友人方面看去，卻能引起若干快感。我們不想強調這一方面，只是說明也不可以忽略罷了。本來這兩者的成分也並不是平均的，平常表現出來還是嚴肅這一面為多。我對於美術全是門外漢，只覺得在魯迅生前，陶元慶給他畫過一張像，覺得很不差，魯迅自己當時也很滿意，彷彿是適中的表現出了魯迅的精神。

向日葵的神話

導讀

本文發表於 1964 年 4 月 7 日香港《新晚報》。寫作此文時，周作人已經虛八十歲了，而文章貫徹的依舊是他早年提出的「倫理之自然化」的觀點，思想啟蒙是這位八旬老翁念念不忘的主題。先前對「倫理之自然化」的探討與追尋，往往選取動物界現象，晚年文章中則發掘出古人對植物的曲解附會，觸角更為細窄，而讀來卻更為淺易。

向日葵是我們再熟悉不過的植物，如何把一篇關於它的故事乃至神話說得動聽，作者有兩件法寶。一是讓瑣屑枯燥的考證貼近日常經驗，給人以陌生化的新奇感。恐怕沒有多少人能準確回答出宋元以前人們餐桌上的蔬菜種類；可吃的葵究竟叫甚麼名字；向日葵是本土植物還是舶來品等，而這些問題的答案則要到阮元的《葵考》、吳其濬的《植物名實圖考》、王象晉的《群芳譜》、陳昊子的《秘傳花鏡》等典籍中找尋。在周作人這位老者的帶領下，我們穿梭於那些墨香清芬的書架間，只見他隨意抽取幾冊，挑出幾句來略加點評，而讀者恐怕早已服膺於這種信手拈來間將知識化作無形的功力。

二是以現代眼光重新審視古書的缺失，既把古書讀到爛熟，又能保持清晰的判斷力。古人概括出葵的兩種品格：一是葵能衛足，二是傾向光明，前者於《左傳》及杜預注中有明確記載；後者則流傳更廣，在《淮南子》、陸機、姚孝錫的詠葵詩都有反覆渲染。周作人提出，詩人隨手寫下的作品把幾種葵張冠李戴了，並且從現代科學的角度，隨意賦予一種普通植物以傾向光明、慕道之誠等品格也實在根據不足。

看來生活中的這位老朋友——形態高大的向日葵，似乎並不需要我們再來拔高它了。

在好多年以前我曾經有過一句口號，提倡倫理之自然化，因為封建道德有許多是歪曲的，不合於自然的正理。而且他們一半也因為觀察不正確，反而竭力的把有些生物的自然現象拿去倫理化了，硬說是禽獸也知道行孝，所以羔羊跪乳，烏鳥反哺，又因為自己主張不孝有三，無後為大，所以將果蠃捕青蟲去當幼蟲的食糧的事，說是背了去做兒子的。這已經是夠可笑了，可以收錄到《荒唐的博物學》裏去，他們還推廣了到植物界去，那尤其是匪夷所思了。草木到底是無情之物，要歪曲它也不是容易，所以說得不多，據見到的只有兩件，卻都是指的一樣東西，那即是「葵」是也。

為甚麼那葵獨有這種名譽的呢？說穿了也並不奇怪，因為這是古人所吃的五種菜蔬之一，也只取其習見易知罷了。古時平民最普通的菜蔬便是葵藿，像現今說白菜豆腐一樣，但是宋元以後沒有人吃了，所以後人提起來，已經不大有人曉得。前清嘉慶年間阮元曾著一篇《葵考》，想證明古人所吃的即是錦葵亦名錢葵，自己還加以實驗，「予嘗鋤地半畝，種金錢紫花之葵，剪其葉，以油烹而食之，滑而肥，味甚美。」但是可吃的葵實在乃是所謂冬葵，這在吳其濬的《植物名實圖考》中已曾說明，云湖南稱作葵菜亦曰冬寒菜，至今還有人吃。因為這葵菜在古代是最普通的菜蔬，所以就有很多人知道它的習性，因此便生出關於葵的神話來了。

這所謂習性是甚麼呢？這因為它有一種向日性，就發生了兩種俗說。一是說葵能衞足。《左傳》成公十七年刖鮑牽，仲尼曰：「鮑莊子之知不如葵，葵猶能衞其足。」杜預

注：「葵傾葉向日，以蔽其根，言鮑牽居亂不能危行。」二是說它知傾向光明。《淮南子．說林訓》云，「聖人之於道，猶葵之與日，雖不能與終始哉，其鄉之誠也。」這兩種說法都是從同一的源流出來的，即是說它傾葉蔽根，但是意義有了紛歧[1]，不很好說到一塊來。由前者的說法，是它知道衞生，竭力防止太陽來曬它的根，而由後者則又是傾向太陽，全然出於慕道之誠了。而且葵的向陽據上文看來明明是指它的葉子，後來詩文乃轉變說是花了。晉朝的陸機與杜預相去不遠，乃在他詠園葵的詩裏，有「朝葵東北傾，夕穎西南晞」之句，到得宋朝的姚孝錫詠蜀葵云，「傾心知向日」。這更是文人學士寫詩作文，隨手寫下便算，哪裏知道向日的是葉是花，自然更不會知道可吃的冬葵與觀賞用的蜀葵秋葵不是一樣的東西了。

因為有人想對於這可吃可做菜的冬葵和觀賞用的別種表示區別，所以特別給冬葵起一個名字曰向日葵。但是這名稱只見於《本經逢原》上面，別的書裏不見引用，而向日葵的名稱卻被北美洲進來的一種怪異植物所搶了去了。這即是現在所謂的向日葵，它的葵花子可以榨油也可以炒了吃，用處是很大的。這是屬於菊科的植物，與葵不是同科，高達七八尺，開黃花大如盤，明末才輸入中國，所以王象晉的《群芳譜》上稱之曰丈菊，一名迎陽花，此花向陽，俗遂呼為向日葵。清初陳昊子的《秘傳花鏡》裏也說，向日葵一名西

① 紛歧，同「分歧」。

番葵。當初是把它當作觀賞植物用的吧，所以王爾德手持一枝，漫步市上，畫家果訶也畫過許多幅，它的金黃色的刺激力的確是很大的。但是到了現在，它的實用性發揮出來確實遠在藝術性之上，中國向來就把它的種子當瓜子吃，近來更當作油料植物，十分看重它，如今北京院子裏閒地上所栽種的，除了蓖麻子外便要算它了。它的名字也就永久確定了，再沒有原來的主人能夠來搶它回去，雖然它既不是葵，因為生得太高，即使葉能傾陽也蓋不到它的根，那盤大的花也不曾見它團團回轉，像陸機所說那樣，大有張冠李戴的意思，不是十分妥帖的名字。但查它的學名，乃是「太陽花」的意義，不過這或者只能說它的七八寸大的花堂堂照人，有點像是太陽吧，至於它並不隨日旋轉，日本的植物學者牧野富太郎已經證明，那當然是沒有可疑的了。

蟬的寓言

導讀

本文是作者的一篇未刊稿，從文中的用語習慣可以推斷是1949年以後的作品。由於自然知識的匱乏，人們對於動物生活的認識和理解，往往有「自然之倫理化」的傾向。中國古人將蟬（知了）和蚯蚓（曲蟮）都比做高潔之士，西洋《伊索寓言》中卻說蟬很懶惰，而所有説法在現代科學之光的燭照下，都顯出荒唐的一面。蟬（包括一切生物）並非不能承載人類浪漫的文學想像，如同松尾芭蕉的俳句一樣；但如果歪曲事實，把人類古怪的思想附會到動物的生活中，則需要反省了。

晚年的周作人開始在一種更寬闊的視野中思考科學與迷信的關係，指出東西方的寓言、兒歌等，其實都蘊涵着大量教訓的成分，而這也正是兒童讀物的重要特點。以蟬的生活話題為例，倒是法布爾的科學小品説得最為公允。可以發現，周作人既讚賞那些在鳥獸草木中寄寓了無窮韻味的文學作品，另一方面也指出要切實了解歷經科學檢驗的自然常識，這也是周作人提出的未來年輕人讀書的兩種門徑吧。

動物界的生活現象到了現代才開始為人所了解所研究，雖然還未能知道得很清楚，但是了解牠們自有一種規律，和人類未必全是相同，所以古來的那一套「自然之倫理化」的曲解總之是可以沒有了。古代一切都是為宗教和封建道德服務，所以利用所有材料都向這一方面努力，從動物生活裏也得到許多教訓，做我們的鑒戒。現在已值夏末秋初，南窗太陽漸上窗來，外邊院子裏老槐上面依然蟬鳴嘒嘒，因此便將蟬作為資料，把牠來說上一番吧。

蟬我們平常叫牠作「知了」，是夏天極普通的東西，但是牠的名譽極好，古人稱牠「高潔」，彷彿可以和曲蟮相比。《孟子》裏曾將蚯蚓比古時的廉士，說「充仲子之操，則蚓而後可也，夫蚓上食槁壤，下飲黃泉」，後來的人便跟着他說，晉朝楊泉《物理論》裏便有「檢身止欲，莫過於蚓，此志士所不及也」。蟬雖是得不到聖賢的品評，但是事實上很看重牠，漢侍中冠加金璫，附蟬，取其居高食潔，所以晉朝郭璞贊語云：

蟲之清潔，可貴惟蟬。潛蛻棄穢，飲露恆鮮。

唐朝的駱賓王《在獄聞蟬》詩的小序中就發揮此意，詩末聯云：「無人信高潔，誰為表予心」，很有感慨。在日本文人中間牠的名聲也還不錯，雖然並不怎麼稱讚，或者嫌牠吵鬧一點，比之於秋末的陣雨，不過那也還是事實。在十八世紀中有一個名叫橫井也有的，著有一部俳文集《鶉衣》，裏邊有《百蟲譜》，曾有一段是說蟬的：

蟬也只是五月的晴天初次聽見時為佳，到了盛夏大叫的時節，彷彿是逼得人流汗。那麼我們不曾聽說甚麼初蝶初蛙，卻只是此物名叫初蟬，這就是牠很大的勞績了。芭蕉翁有句云：「不大像就要死似的蟬聲，對於此物一語盡之矣。」

芭蕉的俳句實在是很得要領，它原來還有一個題目，乃是一句佛教的成語，叫做「無常迅速」，他這樣說與無名氏的一句詩：「蟲呵蟲呵，難道你叫着，業便會盡了麼？」意思有點相近，不過兩者的說法顯有不同罷了。

可是到了西洋，蟬的名譽似乎便不大好。不，或者不是蟬，而是同類的蚱蜢，替牠背了黑鍋，大概是西洋不大有知了吧，即使有也不像這邊的普遍，所以小孩們不很熟習吧，所以大抵把知了說做蚱蜢。便是神話裏也是這樣說，英雄帖托諾斯為晨光女神所愛，為他請求大神給予不死，雖得許可而忘記乞求不老，所以逐漸老衰而終不死，乃閉諸一室，不復能動作，唯嘮叨說話不絕，或謂其化為一蟬，唯在英文中說是蚱蜢[①]。我有一冊很好的給兒童看的《伊索寓言》，英國約瑟雅各編著，有哈威的插畫，亦極有趣味，其中複述《蟬與螞蟻》一則，便說是蚱蜢，畫作蚱蜢直立，有如人穿着禮服，站在螞蟻的門口，脫帽乞食。這寓言說明，人對於一切事情不可疏忽，以免遇到苦難與危險。這是一個很好的教

① 帖托諾斯，現通譯梯托諾斯。此段典故出自希臘神話，一說梯托諾斯最後變成了蟋蟀，而不是周作人說的變成了蚱蜢。

訓，提倡勤勞，警戒遊惰，對於現在也有意義的，只是取材有點不妥當，因為它與事實不合，它將自然現象和動物生活弄錯了，所以要算是違反真實。本來寓言故事是離奇不經的，要來辨別真假，無異痴人說夢，有些事實上所決沒有的；如鳥獸草木都能說話，那也沒有甚麼不可以，但是假如把牠的生活太歪曲了，那就不能不加以指出，至於為蚱蜢或蟬的名譽起見，予以訂正，那還在其次了。

中國古語有云，夏蟲不可與語冰。所謂夏蟲，不但是蒼蠅蚊子之類，便是知了馬蛰也都包括在內，——其實是蚊子蒼蠅在屋裏的，倒還有一兩個躲在角落，僥倖得以過冬，若是在野的那就沒有倖免的了。北京民歌有云：

一陣秋風一陣涼，
馬蛰死在秋草上。

這說明牠們沒有等到冬天，到螞蟻窩裏去乞食的運氣。再說螞蟻自己，到了冬天雖然不死，也都已冬眠，不再能等到太陽出來曬牠們的穀子了。至於講到吃的東西，蟬這一方面是不穀食的，中國古時牠餐風飲露，固然說的太神祕一點，事實上牠是靠樹液為生，在牠一面奏着樂（希臘人說牠是在吹簫）的時候，正用牠的嘴管插入樹皮，喝那樹汁哩。螞蟻乃是雜食的東西，穀粒以及蟲類的碎片無不收羅，所以即使牠們大發慈悲，將一顆米粒布施給蟬，實在牠也是沒福消受的。而且照那法國做那二十卷的《昆蟲記》的法勃耳的說法，當蟬在喝着樹液的時候，他卻發見有些大膽的螞蟻在牠的嘴邊「掠奪」那流出來的液體，那麼這螞蟻的勤勞也就可想而知了。他一生與昆蟲為緣，故知道牠們的習性甚深，因為寓言很替蟬抱不平，曾有一文詳記其事，雖然稍殺風景，亦是公平的話。

重勤勞戒遊惰的教訓，在民歌中多有之，卻又湊巧與蟬有關係的。紹興兒歌云：

> 知了喳喳叫，
> 石板兩頭翹。
> 懶惰女客困旰覺。

石板者鋪地的石頭，兩頭翹（讀悄聲）言天氣酷熱，石板有如木材，也因熱而翹起。困旰覺即睡午覺，稱為女客狀似客氣實含譏諷，現今午覺已成法定，從前則視為懶惰，於此亦可以見今昔風俗不同之一斑。古語有「促織鳴，懶婦驚」之說，鄉間聞蟋蟀鳴，亦有兒歌云：

> 漿漿洗洗，鈕攀倚倚。

倚倚俗言釘上，蓋模仿其鳴聲，言寒衣應當及早整理，亦是獎勵勤勞之意。

訪問（譯文）

導讀

這是一篇譯文，是 1916 年作者翻譯瑞士心理學家、文學家查理波都安的《心的發生》（*The Birth of Psyche*）的第二章。近十年後，周作人又加了一段很長的「譯後記」，一併發表在 1925 年 8 月 24 日的《語絲》上。這篇譯文後來又被收入他的散文集《永日集》中。

本文透過一雙兒童的眼睛，呈現了成人世界中的社交活動。在大人忙着串門、訪問之際，往往忽視了身邊小孩的感受，殊不知兒童正用一種最鋭利不過的目光來打量成人世界的一切，並有着他們自己的判斷。兒童的感覺方式非常敏感獨特，他們好奇心十足，也非常感性。他們對於十二月的傍晚、急速暗下來的天色會有光陰耗費的苦痛；而冬天的感覺，是靠空心糖的香氣、鑽進鞋中的濕冷存留在記憶中的。他們接受糖果，但鄙視那個給了他們糖果，卻消耗他們時間的人。

大人往往認為兒童是要去俯身遷就的，比如跟小孩説話時，大人愛模仿兒童的口吻，認為這樣能拉近與兒童的距離，但在兒童看來，這恰恰是一種缺少誠意、極端做作的溝通方法。成人與兒童的隔膜，在於大人並沒有將孩子真正當做獨特的、獨立的個人來看待；剛剛脱離兒童的世界沒多久，就對兒童心靈豐富的容量忽視起來。周作人極欣賞原作者以抒情詩的筆調發表的觀點，這也是他將這篇譯文收入自己文集的主要原因。

別一個復合的回憶，也以雪為背景的，是用了我初次的新年訪問的經驗所造成，那時拉了我的手去看她兒時的朋友，或是拜會近地的幾個貴夫人。母親已將近五十歲了，她的朋友自然也都是差不多相像的年紀。倘若她們做過母親，她們的子女早已離家，她們的丈夫死了或是⋯⋯走了，她們自己是老了，而且孤獨。我們所訪問的夫人們在兩點上都是相像。我們又去訪問兩個老的親戚，她們住在一起，年紀呢，比別的幾個總加起來還要老點。她們是屬於一個遠的——不可思議地遠的世界的人，她們住在市鎮的盡頭，還在稅關那邊，我們必須走過好些無窮盡的不熟識的街道，才走到她們家的大的雙扇門前，即此似乎更足以證明她們的遠隔了。她們的名字是提古太太和乏納葉太太，這兩位太太，特別是那兩位的名字令我想起甚麼褪色的（法語云乏納）乾癟而且老的東西來，這更增加我對於她們的年老與遠路的感覺。提古太太總是講她的濕疹，她指點那些斑痕給我們看，使我大受感動。這東西遍生她的身上，「到處在那裏爬。」她說。我想像這病是一件活物，可厭的東西，在她的皮膚上爬着，吸她的鮮血。但是我並不別過頭去，見了這個景象反而入迷了。我安靜地坐在椅子裏，不再亂踢我的腳，只是張着嘴出神，眼珠從那仃疤的臂膊滾到她的嘴邊，等她說出話來，說明那為人間疾苦的奇異東西。

這些訪問並不使我厭倦；這好像是在窺探一個未知的世界，倒還頗有興趣；這引起我對於傷創的一種研究心，一種好奇心，略有點不健全，或者性質上還帶點殘酷及其他害狂的，雖然這在兒童是很銳敏而活潑。這兩個女人年紀雖老，卻都很豐富地享受過人生。乏納葉太太更特別像那一種可愛的老太太，令人想起一個乾癟的黃蘋果（借用一句略為平庸卻很有意思的成語），她的每條皺紋都似乎戲笑着，樂得幾乎要綻裂了。

但是別一方面在有些夫人的面前，雖然並沒有那麼老而且身體很好，我卻覺得厭倦得要死：就是在母親拉鈴之先，我站在半融的雪地等着開門的時候，就已感到這種感覺，這種門前的等候在我幾乎覺得是無窮盡的長久，因為這些訪問在還未起頭之先就已很是煩厭。為甚麼她不早點開門，那麼我們也就可以早點出門呢？

可是這些夫人們，她們的家裏我不喜去，卻同別人一樣或者更多地給我許多糖果吃。她們説各種好話，只令我不舒服，覺得討厭，凡兒童們覺得大人們故意做出小孩似的痴呆的態度對他們説話的時候都是這樣的感覺。那些糖果我享用了，因為我喜歡吃這個；對於給我糖果的人我卻一點都不覺得感激。我趕緊的拿過來，也不管它有點像貪饞，使得那給我糖果時的好話可以少説幾句，我又含糊地説一聲強迫的「謝謝」，一面吮着空心糖的蜜汁，也不管這有點像——或者真是——無禮。到現在回想起來，我相信我的反感與厭倦是由於我直覺地感到那些貴夫人們的缺點：感情的缺乏、精神的衰老與心靈的乾癟。我覺得她們不曾把握着人生的意義。乏納葉太太比她們是更可愛得多了，這只是她的臉上露出乾癟的樣子。在別人面前，我似乎是呼吸着一種與我本性相反的空氣，密閉而氣悶。

我求母親不要再帶我去訪問。她答應縮短訪問的時間，因為她總是踐約的，所以我也就讓步了。但是即使那縮短的訪問也還是覺得很長。有一回我特別記得，在一個急速地暗下來的十二月的傍晚，我們坐在一間小客室裏。刻刻增加的陰暗使我心裏深刻地感到光陰耗費的苦痛。因為這陰暗佔據了我的全心，所以我覺得那天色比實際更為暗黑了；後來覺得天已全黑，我碰母親的腳或肘，提醒她的預約，使她知道我們應該走了，一面想着那主人一定不會猜出我的意思。但是她猜着了，而且還說了出來，可憐這小孩睏了倦了，給她一個糖果教他忍耐一點。我那時真想把這個糖果丟在她的臉上！但是（這是因為貪嘴，還是因為怕難為情不好拒絕呢？），我收受了，不敢看她的臉。我是氣她，也氣着自己；我是氣忿而且羞愧。

這樣子，我們一家一家的走。每當我們走進堂屋的時候，每當臨街大門在雪風前大開的時候，我覺得我這小身子從冷裏到暖裏，從暖裏到冷裏，受到銳利的快感，至為喜悅。純白的雪景，鑽進鞋來的冰冷的濕氣，回到街上緊扯住了母親的時候的寒顫，末了是那空心糖和科科糖的漂浮的香味：這是我兒時幾個冬天的下午的餘留的記憶。

一九一六年作

周作人譯後記：

查理波都安（L. Charles-Baudouin）在心理分析學上以《暗示與自己暗示》等書著名，但他又是詩人，作有詩集戲劇評論多種。這一篇是他的《心的發生》(*The Birth of Psyche*)第二章，今據洛士威耳英譯本譯出。全書凡二十四章，以科學家的手與詩人的心寫出兒童時代的回憶，為近代希有之作。他的自序中有這一節話，説及在教育上的用處，中國懷疑文學有何實用的人可以參考，雖然我翻譯此篇並非出於甚麼實用主義的見地，不過因為我覺得喜歡罷了。

在心理學家或教育家，他將從這些篇幅裏找出一條線索，可以幫助他更多地理解那向來少有人知道的兒童的心靈。倘若這話是真的，藝術家是一個在某方面還保存童心的人，那麼他正好給我們做嚮導去找那新國，——這樣地近而又這樣地遠的，兒童的國土，在那裏每一舉步都可以有新發見。托爾斯泰，斯比德勒，羅曼羅蘭①一流人所做的關於兒童生活的觀察紀錄即是一種顯著的嘗試，想去測量這永遠逃避我們認識的多方面的世界，著者並沒有這樣自大想去和那些大家相比，但是他也覺得喜歡，預想這些幼時的回憶或能幫助他的幾個同類去更明白地了解在兒童的心靈裏存着多少的情感，神祕與苦痛。

二十四章中，我所最喜歡的除此篇外是第十一章《人們多麼蠢呀》，及末章《恩愛的痛苦》。第十一章中有這樣的一段：

「公鴨母鴨」是我所愛的一種遊戲：用幾片紙照了母親所

① 羅曼羅蘭，現通譯羅曼．羅蘭(1866—1944)，法國思想家、文學家。

教的樣子摺成方形及尖角當作嘴及兩腳，直立在地上。我最喜歡摺疊鴨子：很大的用雜貨店的紙袋做，小的用電車票。隨後我把它們放在地板上，照着大小接連排着。這種行列按着各房的長短安排，通過兩三頭門。父親他是喜歡在房中踱來踱去的，有時不耐煩地給它們一踢。但是，大抵對於這我所自負鴨羣都表示相當的敬意。偶然有些人，或是小孩們，他們能夠別樣的做，摺成紙船。這略略使我不高興，大約是一點嫉妒：但是想起那些不能疊鴨的人的蠢笨，只覺得可憐，那不高興也就消滅了。哼，他們好像以為不能疊這個也不打緊的呢！又有那些人想來敷衍我，稱讚我的鴨子道：「呀，這許多好看的小雞兒！」這更使我十分不舒服。我心裏想，他們多麼蠢呀，不知道這是鴨子，卻叫它這樣可笑的名字「小雞兒」！有時候——因了說話的人的身份——我不敢回答，但在別的時候我便沒有甚麼顧忌，氣忿忿地說道：「這不是小雞兒，這是鴨子！」然而，他們都不把這件事情看得怎麼重要。

我記得甚麼人（已忘其名，並且不知道是那一國，總之似乎不是中國人），論童話，說兒童最不喜歡大人們特地為他們而寫的書，因為那些故意地「小孩似的痴呆的」態度與口氣兒童們覺得是無誠意，認為侮辱他們。看波都安書中所說都可以證明這話的確實，這實在是講兒童文學的人以及父師們的一個大教訓。

十四年七月十五日

兒童的世界（譯文）

導讀

本文是周作人翻譯日本柳澤健的論文集《現代的詩與詩人》中的「論童謠」一篇，發表於 1922 年 1 月 1 日的《詩》月刊。文章主要談了「兒童的世界」與「童謠」之間的關係。

兒童決不是「小大人」。在大人的世界以外，有一個屬於兒童自己的、大人或許無從理解的獨立世界。文中列舉的幾首小學三四年級的兒童所作的詩歌，看似毫無意思，但無意思當中卻自有一股天籟的純淨與特殊的色彩，這或許是自信的兒童文學家們怎麼都寫不出來的。

「譯後記」中，周作人指出了大人所作的兒童文學常常犯兩種錯誤：一種是教育家所主張的偏於教訓的兒童文學，另一種是詩人所主張的偏於藝術的兒童文學，説到底，都是不承認存在着一個「兒童的世界」。就像大人無法再變回兒童一樣，童謠、兒歌也不是大人説作就能作的。原作者提出「婦女的解放」與「兒童的解放」是「試煉」「古文明」的重要成果，這一觀點正好呼應了周作人當時所主張的「女性的發現」與「兒童的發現」。以輸入異域思潮來滌蕩本土風氣，這是五四時期兒童學的倡導者周作人的重要貢獻。

兒童是未長成的大人麼？還是同大人有別，獨自住於別個世界裏的麼？——這個問題從學問上講來，可以說是已有定論了。即如那刑法學者列斯忒非議加於兒童的刑罰，以為兒童佔有着獨自的世界，因此將加於大人的刑罰等，照樣的加於兒童，不是合理的議論；這一件事也可以當作（上邊所說的）定論的一個表現。

兒童決不是未成熟未長成的大人，正如女人不是未成熟未長成的男人一樣。兒童與大人，恰似女人與男人的關係，立於相對的地位。他們各自佔有着別個的獨自的世界。這個世界裏自然有或一程度的相互理解之可能性，但或一程度的理解之不可能確也存在。彷彿男女之間有不絕的謎一般，在兒童與大人之間，也存着不絕的謎。

我曾在高島米峰或是這一類的人的書裏，看見一節話。在東京的一個小學校裏通學的兒童，有一天從學校回家，急忙的很正經的告訴父母道，「今天登了富士山來了。」從這個實例想起來，倘若依了大人的世界的判斷，這個兒童確是說了可恥的誑話了；但是——原書的著者也這樣說——兒童決不將這句話當做誑話。兒童在他的確信裏，確是登了富士山了。在兒童的世界裏，東京小學校通學的途中攀登富士山的事，決不成為可能或不可能的問題。這兩個世界的差異，——或是謎，——實在是這樣的根本的（不同的）。

今年二月中旬，在姬路左近加古川鎮當小學教師的糟谷信司君，特地來訪我，又將他的學生們所作的許多詩歌拿給我看。我一面聽着他的說明，將詩一篇一篇的讀下去。在素樸，或真情流露，或天真爛漫等的意味以外，我的心裏覺得有一種大人所沒有的世界的情景，很明顯的現出來了。這許多的詩與歌，真是兒童的世界裏所獨具的色彩、音響與光線。我從這裏邊且抽出幾首來。

雨

今天早上天陰了，雨下了。
才下了，雨又停住在松樹上邊，
閃閃的落了下去，
一剎間，（鑽到）沙裏邊去了。
掘起來看時——
甚麼都沒有。

夢

晚上做了一個夢，海燕呀，
深紅的腳的海燕。
或者來了罷，沙山外，
出去看時，只是風呀，
只是拂林的風，
純青的，純青的，
只是冬天的天空。

金邊眼鏡

金呵金呵，
發光的金邊眼鏡，
甚麼人戴了，都會發光。
金呵金呵，發光的金邊眼鏡。

嬰兒

從肚皮裏噗地（落地），

呱，呱，呱。

乳汁甚麼，

想喝一口呀！

蘿蔔

被掛在屋簷下，

孤另另的，

蘿蔔，寂寞的曬乾蘿蔔。

明天以後要變成小菜了。

冰

冰呵冰呵，冷呀，

我的身體是溫的，

我的身體是白的，

你的身體裏有垃圾。

雨天

雨接連的下，

不斷的接連的下，

只是雨下着，

晴天總不來。

這些詩都是初等小學三四年級的兒童所作。我們傾聽着這些純真之聲的時候，不同的感到一種近於虔敬之念的深的感動，覺得在大人的世界裏所不能有的美與力，正從那裏放射出來。

許多的人現在將不復躊躇，承認女人與男人的世界的差異，又承認將長久隸屬於男人治下的女人解放出來，使返於伊們①本然的地位，是最重要的文化運動之一。但是這件事，對於兒童豈不也是一樣應該做的麼？近代的文明實在只是從女人除外的男人的世界所成立，而這男人的世界又只是從兒童除外的大人的世界所成立的。

現在這古文明正放在試煉之上了。女人的解放與兒童的解放，——這二重的解放，豈不是非從試煉之中產生出來不可麼？

大人的世界與兒童的世界的對立。從這事實說來，大人在本質上不能再還原為兒童，是當然的了。所以如北原白秋說明他作童謠時的用心，說完全變成了兒童的心而作歌這樣的話，也只可看作一種綺語罷了。大人所見的兒童的世界必不會是兒童所見的兒童的世界。這樣的純粹的兒童的世界的事情，只一切交與兒童的睿智與靈性便好了；大人沒有闌入其間的必要，也沒有這個資格。大人對於兒童應做的事，並不是去完全變成兒童，卻在於生出在兒童的世界與大人的世界的那邊的「第三之世界」。

① 伊們，即「她們」。

童謠，與一切的別的詩一樣，有生出那邊的世界的債務。如不能感到這個債務，童謠這樣的東西，不能説是以藝術家自任的人們的所可染指的工作。

周作人譯後記：

這一篇是從論文集《現代的詩與詩人》（1920）中譯出的，題下原註「論童謠」一行小字，但他實在只説詩人的童謠，未及童謠的全體。大抵在兒童文學上有兩種方向不同的錯誤：一是太教育的，即偏於教訓；一是太藝術的，即偏於玄美。教育家的主張多屬前者，詩人多屬後者；其實兩者都是不對，因為他們都不承認兒童的世界。這篇小文裏很有許多精當的話，可以供欲做兒歌者參考。柳澤生於一八八八年，原是法學士，但又是一個詩人。

一九二一年十一月二十五日

責任編輯 劉葡諾
封面設計 高 林
版式設計 鄧佩儀
排 版 陳美連
印 務 劉漢舉

名家散文必讀系列

周作人

作者 周作人
導讀 丁 文

出版 | 中華教育
香港北角英皇道 499 號北角工業大廈 1 樓 B 室
電話：(852) 2137 2338 傳真：(852) 2713 8202
電子郵件：info@chunghwabook.com.hk
網址：http://www.chunghwabook.com.hk

發行 | 香港聯合書刊物流有限公司
香港新界荃灣德士古道 220-248 號 荃灣工業中心 16 樓
電話：（852）2150 2100 傳真：（852）2407 3062
電子郵件：info@suplogistics.com.hk

印刷 | 美雅印刷製本有限公司
香港觀塘榮業街 6 號海濱工業大廈 4 樓 A 室

版次 | 2023 年 7 月第 1 版第 1 次印刷

規格 | 32 開（195mm x 140mm）

ISBN | 978-988-8860-03-6